文学巨匠丛书

歌德

理想的高贵

袁子茵 著

河海大学出版社
HOHAI UNIVERSITY PRESS
·南京·

图书在版编目（CIP）数据

歌德：理想的高贵 / 袁子茵著. -- 南京：河海大学出版社, 2025.3. --（文学巨匠丛书）. -- ISBN 978-7-5630-9439-4

Ⅰ. I516.064

中国国家版本馆 CIP 数据核字第 20255TM672 号

丛 书 名	/	文学巨匠丛书
书 　　名	/	歌德：理想的高贵
		GEDE：LIXIANG DE GAOGUI
书 　　号	/	ISBN 978-7-5630-9439-4
责任编辑	/	齐　岩
文字编辑	/	顾跃轩
特约校对	/	李　萍
装帧设计	/	未来趋势
出版发行	/	河海大学出版社
地 　　址	/	南京市西康路 1 号（邮编：210098）
电 　　话	/	（025）83737852（总编室）
		（025）83722833（营销部）
经 　　销	/	全国新华书店
印 　　刷	/	三河市元兴印务有限公司
开 　　本	/	660 毫米×960 毫米　1/16
印 　　张	/	15.75
字 　　数	/	216 千字
版 　　次	/	2025 年 3 月第 1 版
印 　　次	/	2025 年 3 月第 1 次印刷
定 　　价	/	79.80 元

◆*世界文学之窗向我们打开……*

引 言
INTRODUCTION

约翰·沃尔夫冈·冯·歌德（1749—1832）是 18 世纪中叶到 19 世纪初欧洲著名的文学家、剧作家和诗人。他出生于德国美因河畔的法兰克福，逝世于魏玛。他的一生不仅从事文学创作，进行文艺理论研究，还研究自然科学，参与政治活动。

18 世纪 90 年代中期，歌德以庄严、宁静、和谐的艺术审美思想，和席勒创立了"魏玛古典主义"，重塑理想的高贵与单纯。这个"古典"文学时代标志着德国民族文学的最后形成。海涅称：这是德国诗人和思想家在思想上进行的一场法国大革命。

歌德是德国最伟大的作家，也是世界文学领域不可或缺的文坛巨匠，他的名字与但丁、塞万提斯、莎士比亚相提并论，在世界文学史上占有重要的地位。

歌德画像

歌德的创作大致分为三个时期：

早期创作（1765—1775）：这时期，歌德的代表作品是书信体小说《少年维特之烦恼》。创作的剧本有：以《诸神、英雄与维兰德》《普隆德尔魏伦的集市》和《帕得·希莱的狂欢节剧》为代表的具有传统的民间特色的狂欢节剧和讽刺性滑稽剧；以《克拉维哥》为代表的描写爱情和婚姻

的剧作；以《葛兹·冯·伯利欣根》为代表的具有澎湃奔突的自由激情为美学特征的、体现"狂飙突进运动"成果的剧作。

中期创作（1775—1805）：这时期，歌德的主要作品有长篇小说《威廉·麦斯特的学习时代》，剧本有《伊菲格涅亚在陶里斯》《哀格蒙特》《托夸多·塔索》等，以及正在创作的著名的叙事诗剧《浮士德》第一部。这个时期歌德追求宁静、和谐的人道理想，创作转向古典主义。

晚期创作（1805—1832）：这时期，歌德的主要作品有长篇小说《亲和力》《威廉·麦斯特的漫游时代》，诗集《西东诗集》，叙事诗剧《浮士德》第二部，自传性作品《诗与真》《意大利游记》等。这个时期，歌德的作品主旨转向对人与世界、灵与肉、成与毁等生活本质的思考。

歌德的文学创作包括了几乎所有的文学体裁。作为诗人，他留给我们约2500首诗歌，他的诗篇犹如珍珠翡翠般异彩纷呈；作为剧作家，他留给我们完成的和未完成的剧本有70余部，其中有巨著也有化装游行剧一类的剧作；作为文艺理论家，他留给我们的文艺评论数不胜数，他的真知灼见如夜空繁星闪耀至今。

歌德是政治活动家，在魏玛公国当枢密顾问期间，他推行的政治经济文化变革，让魏玛这个弹丸之地变成了德国的文化艺术中心，步入了辉煌的古典文学时期。他是思想家，他的泛神论思想闪烁着光芒，以浮士德的人物形象写就了一部人类灵魂发展史。他是业余的自然科学家，以在人类的胚胎中发现了颚间骨而闻名动物学界。他的业余爱好很多且硕果颇丰，比如登台演剧多场，作画千幅，收藏钱币、古董，学习雕塑等。

歌德是高寿且高产的作家，他享年83岁，他的魏玛版全集达133卷。歌德8岁开始写诗，25岁时就发表了《少年维特之烦恼》。《少年维特之烦恼》获得了巨大的成功，并引发了感伤主义和"狂飙突进"

文学运动。他的情诗之所以写得让人落泪,缘于他具有恋爱的真实历程,他的作品是来源于生活的。

歌德的思想和创作充满着矛盾。恩格斯在《诗歌和散文中的德国社会主义》中说,歌德在自己的作品中,对当时的德国社会的态度是带着两重性的:"在他心中经常进行着天才诗人和法兰克福市议员的谨慎的儿子、可敬的魏玛的枢密顾问之间的斗争;前者厌恶周围环境的鄙俗气,而后者却不得不对这种鄙俗气妥协,迁就。因此,歌德有时非常伟大,有时极为渺小;有时是叛逆的、爱嘲笑的、鄙视世界的天才,有时则是谨小慎微、事事知足、胸襟狭隘的庸人。"(见马克思等著,杨铿编,《马克思恩格斯列宁斯大林论文艺批评》,文化艺术出版社,1983年版,5-6页)可见,歌德的创作在当时的政治环境中的举步维艰、进退维谷。也正是因为这种压抑,他创作出来的《浮士德》才具有着非凡的意义。

在"狂飙突进运动"中,歌德走上文坛,以自己毕生的精力进行了艰辛的文学创作,他用心血谱写出一部欧洲断代史。歌德在创作中热情赞美生活,歌颂积极向上的人生,探索和描绘了人类未来社会的理想道路。他对封建制度、教会反动势力以及资本主义社会的恶德败行,给予了严厉的揭发与批判,他对人类的前途充满了信心。

歌德的创作天才来自执着。他往往会将已经开头的作品搁置几年,有时是数十年之久,再接着创作。《浮士德》陆续用了近60年的时间才写完,"威廉·麦斯特"系列小说创作了近50年。《诗与真》《意大利游记》各花费了10多年的时间。

歌德的创作天才来自勤奋,他说:"在我漫长的一生中我确实做了很多工作,获得了我可以自豪的成就。但是说句老实话,我有什么真正要归功于我自己的呢?我只不过有一种能力和志愿,去看去听,去区分和选择，用自己的心智灌注生命于所见所闻，然后以适当的技巧把它再现出来，如此而已。我不应把我的作品全归功于自己的智慧，还应归功于我以外向我提供素材的成千上万的事情和人物。"（见爱克曼辑录，朱光潜译，《歌德谈话录》，译林出版社，2021年版，268-269页）

歌德叩开了两个时代的大门，经历了18世纪资产阶级大革命时代，又感受到了19世纪无产阶级革命时代的到来。其间的风云变幻，在他那卷帙浩繁的作品中悉数体现。18世纪70年代，他的剧作《葛兹·冯·伯利欣根》《普罗米修斯》，小说《少年维特之烦恼》掀起了影响世界的"狂飙突进运动"；18世纪八九十年代，他的剧作《浮士德》《哀格蒙特》凝结着他的魏玛古典主义美学思想，把德国18世纪的文学推向最高境界。歌德的创作促进了德意志民族意识的形成和民族语言的统一，并且为德国文学屹立于世界各民族文学之林奠定了基础。歌德还以其敏感的嗅觉，预言了世界文学时代的到来。他的创作思想和作品光耀了欧洲文学，他的名字为欧洲各国人民所熟悉，他的著作已成为全人类一笔宝贵的精神财富。

歌德的一生是伟大的，歌德的形象是难以用笔墨来描述的。任何一本《歌德传》都难以描绘歌德丰富灿烂的一生。他身边的友人、秘书爱克曼说过："这位非凡的人物及其精神可以比作一个多棱形的金刚石，每转一个方向就现出一种不同的色彩。歌德在不同的情境下对不同的人所显现的形象也是不同的。"（见爱克曼辑录，朱光潜译，《歌德谈话录》，译林出版社，2021年版，283页）"对于黑格尔来说，歌德的源始现象并不已经意味着一种理念，而是意味着一种精神——感性的本质，在纯粹的本质概念和感性世界的偶然现象之间进行调和。"（见卡尔·洛维特著，李秋零译，《从黑格尔到尼采》，生活·读书·新知三联书店出版，2006版，16页）黑格尔在领悟到一个哲学家需要从现实的束缚中挣脱出来的道理后曾说："一个志在有大成就的人，他必须如歌德所说，知道限制自己。反之，什么事都想做的人，其实什么事都不能做，而终归于失败。"（见金鸿儒著，《大师哲学课》，中国商业出版社，2016年版，134页）恩格斯说，"在他心中经常进行着天才诗人和法兰克福市议员的谨慎的儿子、可敬的魏玛的枢密顾问之间的斗争"。恩格斯把歌德和黑格尔相提并论，并给予了高度评价，称"歌德和黑格尔各在自己的领域中都是奥林匹斯山上的宙斯"。（见蒋孔阳，朱立元主编，曹俊峰等著，《西方美学通史 第四卷 德国古典美学》，上海文艺出版社，1999年版，557页）

目 录
CONTENTS

第一部分　成长

一、出生与童年时光（1749—1755） 003
二、少年时代（1755—1765） 008
　　1. 求知的少年 008
　　2. 地震和战争接踵而来 012
三、早期创作：求学并踏上文学正途（1765—1775） 015
　　1. 莱比锡大学 015
　　　　（1）自由的鸟儿 016
　　　　（2）求学的烦恼 017
　　　　（3）遇到良师益友 019
　　　　（4）初恋 023
　　2. 阁楼养病 025
　　3. 斯特拉斯堡求学 026
　　　　（1）赫尔德的影响 027
　　　　（2）田园恋歌 032
　　4. 初登文坛　崇尚莎士比亚 036

5. 韦茨拉尔就职 时代的烦恼 　　　　　　　　　　038
6. 掀起狂飙 创作第一个高峰期 　　　　　　　　041
　（1）狂飙处女作——《葛兹·冯·伯利欣根》　　042
　（2）震惊文坛的书信体小说——《少年维特之烦恼》　045
　（3）最激越有力的诗剧——《普罗米修斯》　　047
　（4）婚约 　　　　　　　　　　　　　　　　049
　（5）忏悔与转折——《史推拉》《克拉维哥》　055

第二部分　走进魏玛　走上政坛

一、中期创作：魏玛时期（1775—1805） 　　　　059
　1. 魏玛最初 10 年　走上政治舞台 　　　　　　060
　　（1）歌德的园林屋 　　　　　　　　　　　　064
　　（2）夏绿蒂·冯·施泰因夫人 　　　　　　　066
　2. 意大利之行 　　　　　　　　　　　　　　　068
　　（1）崇尚自然　新古典主义思想形成 　　　　073
　　（2）历史剧《哀格蒙特》《伊菲格涅亚在陶里斯》　074
　3. 再回魏玛 　　　　　　　　　　　　　　　　079
　　（1）走进婚姻 　　　　　　　　　　　　　　080
　　（2）骨中之骨　肉中之肉：诗剧《托夸多·塔索》　083
　　（3）法国大革命　歌德的一棵自由树 　　　　086
　　（4）现代牧歌：叙事诗《赫尔曼与窦绿苔》　　088
二、伟大的友谊：歌德与席勒 　　　　　　　　　090

第三部分　生活本真的思考

一、晚年创作：创作高峰期（1805—1832） 101
    1. 两位巨人之间：歌德与拿破仑 101
    2. "至少要读三遍"的《亲和力》 105
    3. 景仰与疏离：歌德与贝多芬 107
    4. 魏玛大公国首相遭遇剧院风波 112
    5. 忘年的挚友：歌德与爱克曼 114
    6. 憧憬东方文明　预言世界文学 117
    7. 西东文化共融：《西东诗集》 119
    8. 中国意象：《中德四季晨昏杂咏》 122
    9. 艺术成就的辉煌顶峰 126
        （1）《威廉·麦斯特的学习时代》 126
        （2）《威廉·麦斯特的漫游时代》 127
        （3）《诗与真》，诗人的自我审视 129
        （4）《浮士德》，知识分子的百年求索 130
    10. 戏剧创作成果 132

二、西沉的太阳（1832.3.22） 134

第四部分　作品的传播　世界文学的构想

一、歌德作品在世界的传播 141
    1. 歌德在德国文学史上的艺术成就及地位 141
    2. 歌德作品在世界的传播 143

3. 歌德与中国文学　　　　　　　　　　　145
二、歌德对世界文学的构想　　　　　　　　　148
　　1. 歌德文学思想的前瞻性　　　　　　　　149
　　2. 世界文学的提出与耕耘　　　　　　　　150

‖ 第五部分　主要作品介绍

《少年维特之烦恼》　　　　　　　　　　　　155
　　1. 时代背景　　　　　　　　　　　　　　155
　　2. 故事梗概　　　　　　　　　　　　　　157
　　3. 赏析　　　　　　　　　　　　　　　　178
《浮士德》　　　　　　　　　　　　　　　　184
　　1. 时代背景　　　　　　　　　　　　　　184
　　2. 剧情梗概　　　　　　　　　　　　　　186
　　3. 赏析　　　　　　　　　　　　　　　　214

‖ 附录

歌德生平及创作年表　　　　　　　　　　　　231
参考文献　　　　　　　　　　　　　　　　　235

第一部分 | 成长

人不光是靠他生来就拥有的一切,
而是靠他从学习中所得到的一切来造就自己。

一、出生与童年时光（1749—1755）

1749年8月28日正午，时钟刚打12下，一个婴儿就降生在德国美因河畔法兰克福城的"皇家顾问"家。孩子一出生，就睁开了一双深褐色、黑亮黑亮的大眼睛。他就是约翰·沃尔夫冈·冯·歌德。

歌德很风趣地描述自己出生时的吉兆："我生时的星辰的位置是吉利的：太阳位于处女座内，正升到天顶；木星和金星和善地凝视着太阳，水星也不忌克，土星和火星保持不关心的态度，只有那时刚团圆的月，因为正交它的星时，冲犯力格外显得厉害。月亮因此耽误我的分娩，等到这个时辰过了，我才得以诞生。"（见刘思慕译，《歌德自传》，人民文学出版社，1983年版，3页）

歌德的祖父曾是法兰克福一家服装店的老板，后因为生活拮据，举家迁往当时工业发达的法国，在里昂定居下来。1685年，法国国王路易十四废除了1598年颁布的保护新教徒信仰与政治自由的"南特赦令"，歌德的祖父被迫离开法国，回到法兰克福。后来，他兼营葡萄酒生意，家境逐渐殷实，给后人留下了相当可观的财产。

歌德的父亲约翰·卡斯帕·歌德（1710—1782）是帝国议会的成员。由于家境富裕，约翰·卡斯帕·歌德得以就读全国最好的学校之一——萨克森-科堡大公国

歌德的出生及洗礼证明

首府科堡的卡西米利安乌姆中学。约翰·卡斯帕·歌德在这里完成了基础教育后，于1730年9月在吉森进入大学，次年转入莱比锡大学专攻法学，在1738年年底获法学博士学位。约翰·卡斯帕·歌德从此摆脱了小业主家庭，进入知识界，在韦茨拉尔德国最高法院实习，还去了罗马和巴黎旅行。1741年，约翰·卡斯帕·歌德定居在故乡法兰克福。虽然家庭经济条件非常好，可因为出身微贱，他的法律事业进行得很不顺利，直到1742年他花三百一十三个古尔盾（金币名）从帝国皇帝那儿买了一个所谓的"皇家顾问"的头衔，他的社会地位才逐渐提高，还当上了法兰克福市的参议员。

1748年，38岁的皇家顾问娶了法兰克福市市长的女儿为妻，女方17岁。婚后第二年，他们的第一个孩子出世，取名为约翰·沃尔夫冈·冯·歌德。皇家顾问中年得子，欢喜不已，喜悦之情难以言表。年轻的母亲没有奶水，只好请保姆照管，好在其家境富裕，经济上不成问题。

歌德1岁那年，他的妹妹科纳里娅·弗里德莉克·克里斯蒂安娜降生。歌德的母亲共生了5个孩子，除了歌德和妹妹科纳里娅外，其他一个男孩和两个女孩都夭折了。

歌德的家在当时的法兰克福是屈指可数的名流家庭。歌德家的房子距离法兰克福市政厅不到100米。房子很大，外观豪华气派，房间很多，室内布置精致典雅。歌德的父亲爱好收藏，每个房间都摆放了很多他游历各地时带回

歌德故居

来的艺术品。图书室里有很多的藏书,陈列室摆满了当代有名的艺术家的作品,这体现了主人的富裕家境及较高的文化素养。

如今,在歌德的故居里,仍保存着当年的房间布局。一层是厨房。二层是洛可可艺术风格的沙龙,也被称作"北京厅",墙纸是中国式的。平时这一层是不用的,只有特殊的场合才用,歌德妹妹的婚礼就是在这里举办的。三层是路易十六风格的走廊,精致的天文钟至今还在走动。四层是诗人的房间,歌德在此度过了少年时代和一段青年时代。在这个房间里,歌德写下了《少年维特之烦恼》《浮士德》等作品的初稿。

歌德儿时眼中的厨房

法兰克福坐落于著名的莱茵河支流美因河河畔,当时城市有30多万人口,是南北交通的枢纽和工商业的中心。城中有许多古老的建筑:城墙、壁垒、堑壕、瞭望塔和辉煌壮丽的宫殿,这些都是少年歌德经常游玩的地方。特别是法兰克福市议会会堂——罗马厅,歌德和小伙伴们经常设法跑进去,有时还溜进宏大的御殿,瞻仰那些历代帝王的画像。这些古老的文化遗迹,深深地影响着歌德。直到老年,他都对它们怀有美好的回忆。城里有一个集市,歌德小时候特别愿意去赶集,手中拿着几个小钱,在熙熙攘攘的人群中钻来钻去,到货摊上买自己喜欢的小物件。

法兰克福每年有两次大市集,在春秋两季举行。市集开始时有一个盛大的仪式,这是小歌德最开心的时候,因为那时他会看到身为市长的外祖父坐在罗马厅御殿围栏正中最高的座位上，作为皇帝的代表，享受无比的尊荣。活动结束后，他还会得到那个象征贡品的盛胡椒的光滑大木杯、一副缀有丝穗的缎子手套和几个古银币。

歌德的孩提时代是在父亲的严厉管教下和母亲的爱抚中度过的。根据歌德的描述，他的父亲是一个偏重理智的学者。他勤勉好学、自尊心强、寡言少语、热爱艺术、爱好收藏名画古籍，但是性情执拗、办事刻板、铁面无私。他是"一位极慈爱、亲切而又认真的父亲，尽管内心很柔和、体贴，在外表上却表现出难以置信、非常彻底的铁也似的严正"。（见歌德著，荒原编译，《歌德自传》，沈阳出版社，1995年版，143页）母亲天性活泼，善解人意，经常给孩子们讲故事。当孩子做错事时，她常常在严厉的父亲面前给孩子解围，但绝不包庇他们的错误。

两人不同的教育方法可以用一个小事例来说明：

父母为了培养孩子们坚强、独立的性格，让歌德和妹妹单独睡在卧室里。夜深人静，两个孩子心生恐惧，常常从床上爬起来去找仆人。这时，父亲就会穿着宽大的睡衣，铁面无私地挡在过道里，直到把他们逼回到卧室里去。母亲却不这样，她和孩子们密约，如果晚上谁战胜了恐惧，第二天谁就能得到水果奖励。

母亲开朗乐观的性格，让小歌德感到母爱的温暖。他常常依傍在母亲的膝下，沉浸在母亲讲的那些充满神奇和幻想的优美的故事中。这些故事大

木偶戏小道具

大地激发了歌德的想象力,萌发了他的创作激情。

歌德的祖母对歌德的影响也很大。在小歌德的眼里,祖母长得漂亮、面容清瘦、和蔼可亲。她喜欢和孩子们在一起玩各种小玩意儿,给孩子们吃各种小零食。在一个圣诞节前的平安夜,祖母给孩子们安排了一场木偶戏。那个小舞台和那些小角色在歌德面前展现了一个新世界,激发了歌德的想象力,他不自觉地上前鼓弄起来。这件事在他的记忆深处留下烙印,这对他以后的文学创作起了启蒙作用。

多年以后,歌德曾写了一首小诗回忆当年的感受:

父亲给我强健的体魄,
还有立身行事的谨严;
母亲给我快活的天性,
外加喜欢把故事杜撰。
曾祖父生来爱好美色,
他的幽灵也忽隐忽现;
曾祖母喜欢金银首饰,
这同样流贯我的血管。
所有的因素形成
不可分割的整体,
你能说什么是
此人禀性使然。

(见杨武能著,《走近歌德》,四川人民出版社,2022年版,7页)

可见,歌德从父亲那儿承袭了坚韧不拔的精神,从母亲那里继承了乐观、幽默的禀赋，从曾祖父和曾祖母那儿感到了生活的美好。这首小诗是他对家的一个总结，坦率而又符合实际。

歌德长着一双大大的眼睛，圆鼓鼓的脸，宽宽的额头透着聪颖和顽皮。家中的楼梯通向东西几间高低不一的屋子，楼下有一个宽敞的前廊，它的门旁有一个很大的木格子窗户。屋里的人通过木格子窗户能看到外面的街道和街上发生的事情。

一天的午后，家人们都安静地坐在家里，小歌德带着他的玩具盘、锅在格子间玩耍，玩了一会儿，有些无聊了，就把一个盘子抛到街上去。盘子摔碎的声音那样清脆，他感到很高兴。住在对门的3个孩子看见他因为这个而欢笑，就拍起小手掌来，叫道："再来一下！"小歌德毫不踌躇地把一个小锅摔到街上。他们不断地叫嚷："再来一下！"小歌德把他的全套盘、锅、罐一个一个摔下去。他们继续喝彩。于是，小歌德跑到厨房去，把那些瓦制的盘子拿出来，它们摔起来当然更清脆好听。就这样，他跑来跑去，只要能够得着的，那一排排食器架上的盘子，便一个个都端出来，全都摔个干净。

小歌德天真可爱的样子、奔跑着的影像留在了大人们的记忆里，这件事情被大家当作了很长时间的笑谈。在歌德的记忆里，这件事也格外清晰。

二、少年时代（1755—1765）

1. 求知的少年

6岁了，歌德到了该念书的年龄。父亲聘请了几个家庭教师给歌德和歌德的妹妹授课。父亲给他们规定的课程很多，有德文文法、拉丁语、意大利语、数学、书法、绘画、法语、英语和希伯来语，还有《圣经》。此外还学习钢琴、击剑、骑术等。为了更好地促进歌德的学习，父亲亲自督学。

歌德不喜欢文法，但在修辞学和作文方面的学习很出色。他记忆力好，领悟快，思维敏捷，善于推理，其聪慧程度明显高于同龄人。

歌德在学习语言方面有着惊人的天赋，同时学习拉丁语、希腊语、希伯来语、英语及意大利语，对小孩子们来说有相当的难度，但小歌德自有学习它们的办法。比如，他构思了一篇小说，由远在不同地点的兄弟姐妹之间的通信写成，其中每一个人用一种语言文字来写信，这样，小说由大家写成了，多种语言的学习也变得有趣味了。

少年歌德继承了父亲勤勉、坚韧的性格，加上自身超高的领悟力、极强的记忆力，虽然对父亲规定的这些枯燥陈腐的课程没有兴趣，但他都能够掌握。歌德最爱好的还是韵文和诗歌，他很快就掌握了诗的形式和作诗的诀窍。在迎接1757年新年时，8岁的他创作了《贺岁诗》献给外祖父和外祖母。

高贵的外公！
新的一年已经来临，
我禁不住要尽自己作为孙儿的义务和职责，
向您敬献上这些出自我纯洁的心中的诗句，
它们尽管十分蹩脚，却一片真诚。
愿上帝更新年辰也更新您的幸福，
愿新的一年始终使您快乐、如意，

愿您身体健康，永远像雪松挺立，
愿您好运常伴，时时和处处；
愿您的家宅始终是吉祥之地，
愿您继续顺利执掌市政大权，
愿健康陪伴着您，永远永远，
所有财富之中，健康数第一。

尊贵的外婆！
新年伊始
在我胸中唤起一片温柔的感情，
让我同样要对您表达感激之情，
用这也许没有行家愿读的歪诗；
它们在您的耳里虽不动听，
我的祝愿却出自拳拳爱心。
今天必须祝愿您吉祥康宁，
愿上帝一如既往地保佑您。
愿他永远满足您所祈所愿，
继续欢度一个又一个新年。
今天您收到的只是我试笔之作，
这笔将不断磨炼，越来越灵活。

（杨武能 译）

  这首长达20多行的作品博得了大家的称赞，特别是贺词的最后四句已俨然一首完美的诗。小歌德从此对自己的诗歌创作信心大增。

  小歌德在课余时间经常阅读课程以外的图书，不到10岁的他就已经读了有铜版画插图的《圣经》和《编年史》，读了《伊索寓言》《变形记》《鲁滨孙漂流记》《天方夜谭》等名著。父亲的藏书很多，其中有文艺复兴时期的意大利诗人塔索的《被解放的耶路撒冷》的翻译本，还有德国著名诗人克洛卜施托克的宗教史诗《救世主》，这些书歌德都用心读过且能背诵那些打动自己的句子。小歌德还经常用自己的零花钱买书摊上的旧书，如《厄伦史皮格尔的故事》《奥大维安皇帝》《万劫流浪的犹太人》等中世纪广为流传的民间故事书。

小歌德在姨母家中看到了一本有着法国铜版画插图的散文译本《荷马著：特洛伊王国征服论》。他阅读此书后，知晓了古希腊伟大的诗人荷马，对特洛伊战争也有了初步的了解。后来他又读了古罗马三大诗人之首维吉尔的《埃涅阿斯纪》，了解了古代最伟大的民族史诗作品，了解了埃涅阿斯是民族英雄、领袖。这部有着厚重的历史感和思想性的图书，那句"对一切人来说，寿限都极短，死了也不能再生，但是一个有勇气的人职责是靠他的功绩延长他的名声"（见郭东斌主编，《格言大辞典》，辽宁人民出版社，1992年版，106页）的名言，让歌德的世界丰富了，他的视野开阔了。从此，他对历史的探索兴趣更浓了，对人生的意义有了自己的一些理解，对自己的未来有了某种莫名的激动和向往。

1759年，10岁的歌德开始尝试以各种题材作诗，还经常与他的小朋友互相唱和写作。十二三岁时，他写了一些宗教颂歌和田园抒情诗，给人以"后生可畏"的印象。他把这些诗编辑成册献给父母，父亲和母亲很是赞赏。

歌德所处的生活环境和所受的超前教育，为他的成长提供了良好的氛围并打下了坚实的基础，然而要登上知名作家的宝座，他还要走一段漫长而艰辛的路。

2. 地震和战争接踵而来

1755年11月1日,歌德6岁的时候,里斯本发生了大地震。地震造成了海啸和火灾,死亡人数高达6万至10万人。这是一场世界性的悲剧,对歌德幼小的心灵造成了精神创伤,产生了深远影响。后来,他在《诗与真》中写道:

> 商埠兼海港的这个美丽的大首都,突然遭到史无前例的可怕的灾难侵袭。大地摇撼,海水汹涌沸腾,船舶互相撞击,房屋崩塌,众多塔寺化为一片瓦砾。一部分的王宫被海吞噬,裂开的大地似乎喷着火焰——烟与火焰弥漫在一片废墟之上。前一刻还活得快快乐乐的6万个人,瞬间化为冤魂,似乎只有对这场灾祸已失去意识与感觉的人,才是最幸福的。一直隐匿着,或者因这一场变故而得到解放的一群罪犯,大肆骚扰这劫后残破的都市。幸存的人们,面临劫夺、杀戮以及一切横行暴虐。大自然就这样继续着无涯无涘的肆虐。
>
> 从各方面传来的越来越详尽的灾难消息,使人们的心被别人的不幸所震撼,对自己以及家人的忧虑也愈发地使人苦恼……
>
> 在我的胸臆中,天地的创造者及维护者——神,是睿智而仁慈的,然而他正邪不分地使一切统统绝灭,这就不能证明神是万物之父了。我那幼弱的心灵,为了与这样的

印象抗争而努力挣扎。这种现象应如何解释，连贤人与学者之间都不能有一致的看法，我稚弱的心灵不能平复，毋宁是理所当然的。（见梁实秋主编，《歌德——名人伟人传记全集之40》，名人出版社，10页）

1756年，歌德7岁，七年战争爆发。这是历史上第一次世界性的大规模战争。

七年战争（1756—1763），又称"英法七年战争"，是欧洲两大军事集团英国、普鲁士同盟与法国、奥地利、俄国同盟之间的为争夺殖民地和海外领土而进行的一场大规模战争。当时欧洲的主要强国均参与了这场战争，其影响覆盖了欧洲、北美洲、中美洲、西非海岸以及印度、菲律宾。这场战争是参战国为了各自的政治立场而引发的，并无正义性可言。法兰克福在这场战争中受到波及，整个市区人心惶惶。小歌德和伙伴们被关在家里禁止出门。好动的歌德憋闷得无聊，就央求大人们玩耍木偶。开始，歌德和小伙伴们演出已有的剧目，后来便尝试练习演出其他剧本。他们动手改装布景，还做了一些小服装和一些小道具，这无疑萌生了他文学创作的念头。当然，由于这场战争，小歌德从父辈口中对战争也有了一些了解，对那些大人物的做事方式有了小小的蔑视。

1759年1月至1763年2月，法国军队进驻了法兰克福。歌德家的房子被迫开放使用。法国驻军的托兰伯爵住在歌德的家里，在这里处理各种争端。这个身躯瘦长、举止庄严、满脸痘疤的高级武官是个艺术爱好者，他酷爱绘画，很喜欢歌德父亲的收藏品。伯爵参观了歌德父亲的画室以后，便把全城有名的画家请来让他们为自己作画，将歌德住的阁楼当作画室。歌德的家人因此免除了一场浩劫，同时也让

10岁的歌德有了更多接触知名画家和名画的机会。歌德认识了这些画家，常常参观他们作画，甚至能对他们的速写和素描发表意见。

法国军队驻扎法兰克福市后，为了慰劳法军，法国剧团来到法兰克福公演。正处于兴盛的法国古典主义戏剧进入了德国剧院，剧院上演了许多喜剧、悲剧和歌剧。

歌德从他当市长的外祖父那里弄到了招待券，每天都去剧院看戏。在这里，歌德看到了17世纪法国喜剧家莫里哀的《史嘉本的诡计》，看到了18世纪法国文学家卢梭的《乡村占卜师》和狄德罗的市民剧《家长》。歌德一边看戏，一边看父亲藏书中的这些法国古典主义剧作。其间，歌德不仅观看了很多著名剧作家的作品，而且与演员们打成一片，学会了地道的法语。就这样，高乃依、拉辛、莫里哀的世界向少年歌德打开了。

莫里哀画像

少年阶段是歌德求知欲最旺盛的时期，由于他的父亲游历过意大利，又很喜欢意大利，就经常给歌德讲述有关意大利的一些知识和趣闻。父亲还在家的前厅装饰了一排排罗马的铜版风景画，后来这些画都用镶金条的黑框框了起来。小歌德天天能从这里看到波波洛广场和圣彼得大教堂，父亲经常向他描述这些景物，还把自己从意大利带回来的大理石等小收藏品拿给他看。

在父亲的影响下，歌德已经不满足于法兰克福这块小天地，他向往意大利文化。就在20多年后，歌德终于踏着他父亲的足迹，实现了他的愿望。

三、早期创作：求学并踏上文学正途（1765—1775）

代表作品：

  诗歌有《五月之歌》《欢聚与离别》《野玫瑰》《湖上》

  剧本有《葛兹·冯·伯利欣根》《普罗米修斯》

  书信体小说有《少年维特之烦恼》

1. 莱比锡大学

1765年10月，刚满16岁的歌德通读了很多文学著作，已经显露出在文学艺术方面的天赋。他为自己设计了一条人生之路，要专攻语言学、文学和历史学科。可是他的父亲却坚持让他前往莱比锡学习法律和哲学。这是因为歌德的外祖父是市长，声名显赫，而父亲却是一个徒有虚名的皇家顾问官，父亲很希望儿子在政治上得到发展，学习法律当上一名高级行政官。到莱比锡求学是当时的人们走上仕途的必经之路。

莱比锡是德国最大的博览会城市，位于德国的东北部，距离法兰克福约380公里。当时的莱比锡是西欧与东欧之间的贸易中心，也是文化中心。莱比锡当时约有3

莱比锡大学

万人口，街道繁华，市民生活轻松愉快，因而它被歌德称为"小巴黎"。德国著名戏剧家莱辛曾在莱比锡大学学习，他说，在这座城市里，人们可以看到整个世界的缩影。

1765年10月3日，歌德遵从父命，前往莱比锡大学求学。

（1）自由的鸟儿

歌德从街道狭窄的法兰克福来到街道宽阔的莱比锡，摆脱了父亲的严厉管教，感到心情格外舒畅。他来到莱比锡大学半个月时就写了这样的一首小诗：

> 像是一只小鸟，在美丽的树林里，
> 在枝丫上逍遥地摇曳，
> 安逸地享受着浓郁的乐趣，
> 鼓起自己的双翼，
> 在树丛中啁啾着跳来跳去。
> （见高中甫著，《德国伟大的诗人——歌德》，北京出版社，1981年版，12页）

莱比锡大学虽然不是歌德的首选，但这里有著名的希腊文和拉丁文教授摩鲁斯先生和雄辩学、神学教授欧内斯提先生。歌德还是很希望在这里收获学习成果的。

歌德带着父亲的介绍信，首先去拜访了历史学家、法学家兼宫廷顾问官博麦教授。歌德向博麦教授表明了自己不想继承父业，而是想学文学的意愿。博麦教授对他学文学的意愿不以为然，作为历史学家和宪法学者，他对于一切带有文学气味的东西都表示憎恶。

歌德只好按照博麦教授给他定好的课程，先学哲学、法律史和罗马法等课程。

歌德按照父亲的意愿学习法律，可是莱比锡大学的老教授们的那些法律讲义，早已被现实证明没有用处。哲学也学得很困惑，他自小树立起来的那些观点在这里全部被否定。歌德十分苦恼，看着窗外洛可可风格的建筑物，看着这繁华的商业城区，感受到了这个城市骨子里的浮华和奢侈，刚来时的那些新鲜感已荡然无存。

（2）求学的烦恼

一个阶段研习下来，哲学对歌德仍没有什么启发作用，逻辑学让他觉得很奇异，法律课更是"糟糕"，他感到极其无聊。至于神学，歌德更是反感，他对宗教向来持怀疑态度，认为《圣经》是宗教教条，只能使人思想僵化。

歌德又去拜访与父亲有联系的一些上层社会人物，意在通过他们被引荐到更广的社交圈子里去。结果，在这些圈子里，歌德有了一些挫败感，这种情境在他后来创作的《少年维特之烦恼》中都有体现。

歌德的家乡在德国南部，当地人讲的是南德方言。当时的上流社会以标准德语作为衡量人们德文水平的标准，这对立志学习文学、语言学的歌德来说是无比烦恼的。他深感自己在众人面前的不自在，他的谈吐在人群中是那么不协调，他的思维也跟着不知所措了。再就是歌德的着装被挑剔和嘲笑。歌德的家境很富裕，他的服装都由父亲亲自选择上乘衣料，由自家裁缝缝制，衣服上都镶着华贵的金花边和银花边。但在莱比锡这个大都市里，他的服装却不合时宜了，他被这些圈子里的小姐太太们奚落，也被同学们揶揄。

歌德怀着文学的抱负来到莱比锡，却因为语言和服装遭到戏弄，心情极其不好。他努力改变、调整自己，不仅仅在衣着和发型等外部形象上加以改变，更力求通过显示自己内在的独特的个性来展现自己。他相信自己有着高雅的文学兴趣和理解新事物的能力，他要将自认为最精彩的作品拿出来，希望能得到大家的赞赏。由于歌德曾受流行于文坛的洛可可文学的影响，写的大多是绮靡轻佻的诗歌，这又不为其所在环境的人们所看重，特别是博麦夫人和摩鲁斯先生的否定，对歌德的打击尤其大。

博麦夫人经常请歌德到家里做客，指导歌德一些社交礼仪，教会他在社交场合上的牌类游戏，还经常和歌德谈论文学。但是，她对歌德诗歌中琐细、柔弱的文风很不赞成。摩鲁斯先生为歌德所敬重，他对德国诗歌的看法与博麦夫人一样，但他对歌德诗歌的每一个细节，分析得更为透彻，指出了诗句的浅薄无力，这让歌德的写作立场和热情瞬间坍塌。

格勒特教授是当时著名文学杂志《不来梅文集》的编辑、著名作家，深受青年学生欢迎。歌德经常听格勒特讲授的文学史和文学写作课。但是格勒特教授只重视散文，鄙弃诗歌，歌德对诗歌挚爱的心无所放置了。

在当时，德国文学正处于新旧交替期，新旧力量的冲突以及由此引起的思想混乱，让年轻的歌德无所适从。歌德对自己诗歌的才华怀疑起来，对大学学习生活丧失了信心，他对自己正在写的作品以及已完成的作品无法正视。终于有一天，他将诗、散文、草稿等全部付之一炬。他在给故乡朋友的信中，以诗的形式这样写道：

曾经的我以为自己可以凌驾青云，

但至此雄心已烟消雾散。

叱咤风云的英雄,

响叮当的名声令我觉悟,

荣耀之得来不易;

有感于此,我向往崇高的飞翔,

如同老鹰憧憬太阳,

怀着鲲鹏之志。

但现实中我却如垃圾堆中的虫儿,

扭曲、蠕动着努力向上爬

更高、再高,

绷紧的神经战栗不安,

终究虫儿还只是虫儿。

(见梁实秋主编,《歌德——名人伟人传记全集之40》,名人出版社,20页)

(3) 遇到良师益友

浮躁与不安是一个有着崇高理想者迸发前的心理徘徊,怀有鲲鹏之志的人是不甘于这样学无建树的。歌德对新知识的渴求没有终止,他转向了新的学科,学习生物学、物理学等自然科学,学习绘画和雕刻艺术。幸运的是,在莱比锡大学,歌德得到了一些良师益友的帮助,让他走出了自己原来的圈子,他的学习生活又充实起来。

戈特舍德教授(1700—1766)是德国启蒙运动早期阶段的代表人物,曾多次担任莱比锡大学校长,他主讲诗学和雄辩学,在文坛上声名显赫。歌德入学半年后就拜访了这位66岁的老者。老教授安抚了歌德的不安与焦虑情绪,引导歌德走上了正确的文学道路,也让歌德的学习生活方式有了转变。

乔治·施罗塞尔是歌德的同乡,年长歌德 10 岁,大学毕业后先在法兰克福做律师,后来成为有名的符腾堡公爵欧根的私人秘书。他为人正直诚实,博学多才,精通多种外语,擅长诗歌创作,有着深厚的文学素养。他途经莱比锡,给正处于迷茫中的歌德带来一些安慰。在施罗塞尔滞留莱比锡期间,他和歌德经常在一起交流,谈论诗歌,畅谈未来。其间,歌德也认识了施罗塞尔的一些朋友,这些人都是有一定生活经历和学识的,这对歌德的写作产生了有益的影响。歌德对文学艺术的兴趣和热情又高涨起来。

贝里施(1738—1809)在林德瑙伯爵家当家庭教师,30 岁左右。他精通法文,研究现代语言和外国文学。他的学识和独特个性对歌德影响极大,他经常和歌德切磋诗艺,谈论当时德国作家的作品,他指导歌德写文章要有结构,参加社交活动要有规矩。两人畅谈时恣意笑谈,言语不设防。他还主动抄录歌德的诗文,配图并装订成册。他对歌德的诗文逐句推敲、斟酌,使得歌德对自己的创作更加严谨,创作激情愈发高涨。

莱比锡大学是德国民族文学奠基人莱辛的母校。莱辛(1729—1781)出生在德国萨克森的一个小城镇卡门茨的一个贫穷牧师的家庭里,他聪明好学,1746 年进入莱比锡大学学习。他没有被繁复沉重的课程和书本所束缚,而是喜欢同当时的戏剧界来往,并开始创作戏剧。后来,他放弃学业,移居柏林,从事文学评论工作,走上了对民众进行启蒙文学教育的道路,发表了美学专著《拉奥孔》等,成为德国文学界公认的领袖。1768 年,莱辛来到莱比锡大学,歌德当时没有认识到莱辛的伟大,他不但不想找机会接近莱辛,反而设法避开了,可能是出于他的恩师戈特舍德教授所代表的法国古典主义观点被莱辛抨击的缘故。歌德为此一直后悔，以为再也没有机会见到这位伟人的风采了。直到"狂飙突进运动"时期，歌德才进入莱辛的世界，对莱辛寻找真理的精神深感敬佩。莱辛的悲剧剧本《爱米丽雅·迦洛蒂》成为歌德的最爱，剧中阐述的在封建统治的罪恶下道德的沦丧大于肉体的毁灭的观点，反映了一种时代的反抗精神。这种反抗力量正在积聚，正在成为一道曙光，歌德为此激动着，以致在他后来创作的《少年维特之烦恼》中，这本书出现在维特的死亡现场。

在莱比锡求学期间，歌德接触到了莎士比亚的作品，他最早接触的是《莎翁选粹》，后来又看到莎士比亚的剧作，歌德的视野大为开拓。几年后，歌德在一次纪念莎士比亚的活动中，曾这样热情地说道："我读到他的第一页，就使我一生都属于他了，我读完了第一部，我就像是一个生下来的盲人，一只奇异的手在瞬间使我的双眼看到了光明。……我没有一瞬间的怀疑，去放弃那遵循格律的戏剧。我觉得地点的一致是牢狱般的可怕，行动和时间的一致是我们想象力的枷锁。我跳到自由的空气里，我才感到，我有了手和脚。"（见冯至等编著，《德国文学简史》，人民文学出版社，1959年版，118页）

在莱比锡大学，歌德不仅在文学上有了收获，在自然科学和美术的学习上也有了收获。在自然科学方面，歌德旁听化学和解剖学课，初步了解了一些自然知识。在美术方面，歌德受益于莱比锡画院的院长奥赛尔先生的教诲，对艺术产生了深厚的兴趣。

奥赛尔先生在教授歌德绘画时并不注重技法的循序渐进、严格精准，而是注重培养他的观察力和审美趣味，使他了解艺术的要素。1767年，法国人达根维尔著的《名画家传》在德国面世，歌德很喜

山区瀑布风光（歌德蚀刻画 1768 年）

欢这部书。奥赛尔对歌德的喜好表示了极大的支持，还搜罗了各种藏画让歌德欣赏，供他进行学习和研究。歌德对画家们选取的绘画题材的兴趣远大于对绘画艺术手法的兴趣，他常常热衷于为那些画配写诗歌，以至于忘记了自己研究那些作品的初衷。歌德的审美倾向有了一些改变，审美趣味得到了很大的提升，特别是在美术史学上，奥赛尔向歌德推荐德国艺术史家温克尔曼的著作。当时，温克尔曼的声誉如日中天，是古代艺术的发掘家。奥赛尔是他的好友并为他的初期著作画插图。在奥赛尔的指导下，歌德不仅初步了解了温克尔曼的著作和思想，还第一次认识了古希腊的艺术世界。

经过这三个方向学业的学习，歌德的审美情趣、思考能力和精神追求都有很大的提升和完善，他认识事物的综合能力也有了提高。

莱比锡市有一个著名的奥厄巴克斯·凯勒饭店，歌德课余时间经常光顾这里。

这里的浮士德的故事给歌德留下了深刻的印象，这也是他后来创作诗剧《浮士德》的原因之一。这里的许多情境都融进了歌德的创作活动中，奥厄巴克斯·凯勒饭店很自然地成为《浮士德》第一部中的场景，它是全剧中唯一的非虚构的真正存在的地方。

（4）初恋

1766年，歌德收获了他的爱情。这是他的初恋。

歌德在布路尔街的一家小旅馆吃饭时认识了掌柜舍恩科普夫一家，他对掌柜活泼美艳的女儿安娜·卡塔琳娜一见钟情。

安娜是一个身材匀称的女孩，比歌德年长3岁。虽然个子不很高，但有一张圆圆的亲切的脸庞。歌德爱她那坦诚、温柔的表情，率真大方的举止，聪慧明智的思维。由于安娜的母亲是法兰克福人，这多少也让歌德在异乡有了一种亲情的寄托。歌德喜欢上了这个美丽可爱的女孩，为了能天天见到安娜，歌德几乎每天都在这家饭店吃饭。

年轻的歌德，带着对爱情的美好情感，写下了充满爱的文字。他在散步路过的菩提树干上，刻上心爱姑娘的名字。他在给朋友穆尔斯的信中写道："我爱上了一个既没有地位又没有财产的姑娘，同时我也初次感受到真的爱情所带来的快乐。"（见梁实秋主编，《歌德——名人伟人传记全集之40》，名人出版社，21页）

安娜也爱歌德，她对歌德的爱真实而明朗，希望成为他的妻子。两人情投意合，很快坠入爱河。在相爱的日子里，他们经常一起吟诗、排演戏剧，日子过得浪漫而美好。

但是歌德的思想深处仍被等级观念束缚着。随着时间的流逝，理想与现实的矛盾让他的烦恼剧增，况且这个年龄段的歌德情绪不稳定，他偶发的小脾气总在伤害着安娜，自己的内心也经受着真爱的煎熬。

1768年3月，恋爱了两年的歌德与安娜友好地分手了。孤独的歌德开始学习铜版画和木刻，他想用这些劳作挤走失恋的悲伤，他其至有了自虐的行为，以肉体的痛苦来减轻情感上的痛苦。

安娜嫁给了克里斯蒂安·卡尔·康内——后来的莱比锡市副市长。

这就是歌德的初恋。这段恋情进入了歌德的文学生活，他将这次恋爱的经历写成了一本薄薄的诗集。他在诗中发泄着自己内心的痛苦，让烦闷的心渐渐平静下来。其间，他还写下了描写爱情的剧本《恋人的情绪》，这反映出歌德当时的真情实感。

歌德后来经历了10多次恋爱，几乎每一次都进入了他的文学写作中。

这时的歌德崇拜的是流行的"洛可可"文学，他的文学生活就是从这些辞藻华丽、独出心裁的"洛可可"式开始的，这也是歌德早期诗歌作品的特点。尽管与当时最先进的文学方向不一致，但它却是歌德走上文学创作的真实写照。

1768年7月的一天早上，歌德一觉醒来，突然发现自己满嘴都是血，继而又昏迷了。他病得很重，脖子的左边长了一个肿瘤，几个星期卧病在床。朋友们轮流看护着他，陪伴着他度过了那个生死关头。

这次病倒不是偶然的，离家时的忧郁情绪，求学路上的不遂意，爱情上的失落，饮食上的不当，又受了风寒，再加上接触蚀刻铜版画的有毒气体，歌德的身体迅速垮下来了。

1768年8月28日，是歌德19岁的生日。歌德收拾起行装，坐着租的马车离开莱比锡，身心俱疲地向故乡法兰克福奔去。

2. 阁楼养病

在外漂泊的歌德，多少次都在憧憬着回家时的情景。如今，离家近三载的歌德学业未成却拖着病体回到了家，这种落魄的情形让歌德无比内疚。望子成龙的父亲很难接受眼前的一切，但也只得为他请医生看病。

歌德在阁楼的病床上躺了数月，母亲和妹妹精心地照料着他。他的病一天天地好了起来。歌德在阁楼卧床养病，偶尔看看闲书。每当他闭目养神时，眼前就会浮现他昔日的恋人安娜的身影。他被悔恨和痛苦折磨着，他只好用画画、雕刻来打发日子。谁知这样一来又损伤了肺，这一次他几乎丧了命。说起来也有点奇异，正当大家束手无策的时候，一个内科医生用凭借自己经验配制的药挽救了他。这药被叫作"万应灵药"，是一种结晶体，是采用化学和炼金术相融合的技术研制而成的。

歌德对炼金术产生了强烈的兴趣，他开始潜心研读泛神论思想家的著作，并与一些宗教著作加以比较。一些日子下来，歌德乐此不疲地进行自然科学的研究。他躲在自己的阁楼上，支起了小火炉，夜以继日、废寝忘食地进行着他的试验工作，制造中性盐成了他最快乐的一件事。

1769年2月，歌德在写给莱比锡朋友的信中表达了他对时代的看法以及对自然科学日益浓厚的兴趣："我将一切献给了哲学，我隐居而将自己孤立起来。圆规、纸、笔、墨水以及两册书就是我全部的工具，用最简朴的方法去认识真理，而结果却比在图书馆中钻研的人成就更大。既是伟大的学者又是哲学家者如凤毛麟角，因为人们总是埋首于书本，而忽略了大自然这本包罗万象的大书，事实

上，真理就藏在一切朴实的事物中。"（见梁实秋主编，《歌德——名人伟人传记全集之40》，名人出版社，24页）

歌德把研究自然科学看作是在哲学的意义上追求真理，他一生都保持着对自然科学的兴趣。

养病期间，歌德除了研究炼金术外，还整理了在莱比锡时写的诗和信件。经过这一场重病，歌德对生命和生活有了新的感悟。现在，他看着自己的信件和诗文，顿觉当时自己文笔幼稚、内容空洞、热情空泛。他果断地将那些不入眼的作品付之一炬。这期间，他写下了剧本《同谋犯》，写一个酒店女郎爱上了一个少年，后来又变心的故事。

歌德在故乡度过了一年半的康复期，病已经痊愈，他的心情好起来，思维也活跃起来。

1770年3月，歌德乘坐一辆舒适的马车再次离开法兰克福，向着斯特拉斯堡驶去。他遵照父亲的意愿，要继续完成大学法律专业的学业。

3. 斯特拉斯堡求学

斯特拉斯堡是法国阿尔萨斯的一个城市，是德法文化交流的中心，地处法国国土的东端，与德国隔莱茵河相望，距法兰克福不到200公里。当时斯特拉斯堡的人口约5万人。

1770年4月2日，歌德来到了斯特拉斯堡，他被哥特式的建筑所征服。他站在大教堂面前，有一种不可言喻的敬畏感。他看到了建筑艺术巨匠的伟大精神，感受着凌空之姿、巍峨耸立的神奇。这种触动，深深扎在歌德的心里。

歌德在鱼市街找到一个寓所，又通过介绍信拜访了新朋友，找到了他的照应者。很快，他有了一个固定吃饭的地方——一个约有10人的小公寓。在这里住宿和吃饭的人，大多是年轻人。48岁的法院书记官萨尔兹曼管理着这个团体，还组织了一个文学小团体。萨尔兹曼介绍歌德去听考试补习班的课，以便顺利通过考试。

斯特拉斯堡大学

1770年9月20日，歌德参加了博士考试。27日，成绩公布为合格。他顺利地进入了斯特拉斯堡大学。

在斯特拉斯堡大学里，歌德继续学习法律和准备论文，这是父亲的要求。歌德的父亲是一个徒有虚名的皇家顾问官，他希望儿子能在上层社会出人头地。在当时，要想当一名高级行政官，通常要到莱比锡大学学习法律，这是一条捷径。歌德在莱比锡大学没有毕业，父亲则希望他在斯特拉斯堡大学继续学习法律，取得博士学位。但歌德有自己的志向，除攻读法律博士学位外，他选修了医学，还要在这里继续研究哲学、历史、神学和自然科学的问题。

（1）赫尔德的影响

在斯特拉斯堡，歌德结识了许多新朋友，其中对他影响最大的是德国的哲学家、文艺理论家赫尔德。

赫尔德，东普鲁士人，1744年8月出生在一个贫穷的小学教师家庭。1762年，18岁的他进入柯尼斯堡大学，师从哈曼研读哲学、文学和神学的课程。他喜欢听康德的哲学课，受康德哲学思想的影响极深。1764年，他担任一所教会学校的助理教师，同时兼任郊区教堂的牧师，成为一名基督教指导者、传教士。赫尔德喜欢荷马、莎士比亚的作品，关注启蒙哲学，研究卢梭的民族政治学说，他在神学、哲学、美学、诗学、历史学、语言学等领域都取得了卓越成就，被视为德国文化民族主义的鼻祖。

1769年赫尔德前往法国，在旅途中完成了《我在1769年的游记》。

1770年9月的一天，歌德与赫尔德的相识地点竟是在一家旅馆的楼梯上。

这一天，歌德到精灵旅馆去拜访一个有名望的外国人。当歌德正要上楼时，突然看到了赫尔德。因为他的文学朋友们经常议论赫尔德的作品，其相貌也总被描述，所以他一眼就认出了赫尔德。歌德快速地跟赫尔德打招呼。赫尔德对眼前这个陌生的但看起来很聪明的年轻人很有好感，两人在楼梯台阶上就交谈起来。分手时，歌德恳请去赫尔德的住处进行拜访。

赫尔德比歌德大5岁，当时已经是文坛上的知名人士，歌德对他十分敬慕和崇拜。赫尔德于1770年2月经阿姆斯特丹到达汉堡，与他十分崇敬的莱辛探讨哲学、历史、艺术等方面的问题。他因眼疾需要在斯特拉斯堡进行手术治疗，8月份来到此地，要在这里滞留半年。

在治疗期间，歌德几乎每天都去拜访他、陪伴他。赫尔德志向远大、才华横溢而且心地善良，这些优秀的品质深深地吸引着歌德。

赫尔德敏锐地意识到歌德是与众不同的天才，意识到歌德温文尔雅的外表下具有强烈的叛逆精神。他对歌德的幼稚、肤浅等弱点毫不留情，甚至不顾自己在歌德心中的形象。歌德在赫尔德毫不客气的批评面前，开始变得小心翼翼起来，他抛却了自己的沾沾自喜和虚荣自负，因为他知道，轻率和自满的自己在与赫尔德的交往中是不易得到对方的认可的。

赫尔德引导歌德摆脱了追求形式的写作思路。在赫尔德的指导下，歌德阅读了荷马、莎士比亚的作品，阅读了英国现实主义作家斯威夫特、菲尔丁、哥尔德斯密斯等人的作品。赫尔德自己的著作《批判之林》《关于近代德意志文学的断想》中所表现出来的反对古典主义美学原则、重视民间文学传统的思想倾向，也深深地影响着歌德。歌德的文学潜能就这样被激发了出来，他对事物的认识和见解也更加深刻了。

在歌德看来，赫尔德的任何言论都是意味深远的。赫尔德指出时代文学的发展方向是反封建专制、反对教会的，这对歌德的创作思想产生了很大的影响，奠定了歌德反对封建专制的思想基础，点燃了歌德的创作热情，为日后的文学创作明确了方向。赫尔德与歌德的斯特拉斯堡谈话成了德国文学史上的一件大事，它慢慢地演变为当时正在兴起的德国新文学运动——"狂飙突进运动"的基本核心内容。

赫尔德在德国启蒙文学的基础上形成了自己的思想体系，创造了一个属于自己的全新时代，在德国18世纪文学复兴中扮演了极为重要的角色，是德国"狂飙突进运动"纲领的制定者和精神领袖。他倡导作家们要崇尚情感而非崇尚理智，要求自由和个性解放；提倡复归人的"天然"人性，主张返回"自然"，对歌德在艺术与文学创作上产生了深远的影响。

在斯特拉斯堡，歌德还接受了荷兰哲学家斯宾诺莎的泛神论思想,并接触到了法国启蒙思想家伏尔泰、卢梭等批判僧侣阶级、封建秩序以及宣扬个性自由的著作。

歌德在斯特拉斯堡最有意义和收获的事情,就是结识了赫尔德,接受了他的文学思想。此时,歌德做好了投入"狂飙突进运动"的思想准备。

1775年11月,歌德应邀来到魏玛从政。他极力推荐赫尔德来魏玛共事。赫尔德于1776年10月来到魏玛,担任宫廷牧师及掌管教育和宗教事务的总监察。魏玛成为"狂飙突进运动"开展的中心,歌德与维兰德、赫尔德、席勒被称为"魏玛四杰"。

虽然后来歌德与赫尔德的关系因1789年法国大革命爆发而引起的赫尔德与魏玛公爵奥古斯特思想的尖锐对立而出现不融洽,但歌德对影响自己至巨的赫尔德有着深深的敬意,他曾这样描写他们初识的那些日子:

> 这个心地善良的易怒者所给予我的影响,是重大而且意义深长的。他比我年长5岁,年轻时期5岁已是个很大的差距。而我承认他的价值,并努力尊崇他过去的业绩,故而他在我心里占有非常崇高的地位。不过我们交往的状况却绝不是愉快的。过去与我交往的年长者,都想一面体恤我一面教育我,他们宽宥而纵容我。但赫尔德却不同,不管我如何努力,都无法得到他的认可。我对他的爱慕与崇拜及因他而引起的不愉快,不住地互相激荡,在我心中造成一种分裂,这是有生以来我第一次感到的内心倾轧。
>
> 不管他是站在发问者的立场,或解答者的立场,乃至于任何方式的发言,他的话都是意味深远的,因此我时时

刻刻地被启发了新的见解。在莱比锡，我习惯于被局限在狭窄不能动弹的生活中；而在法兰克福的环境里，也未能使我拓宽有关德意志文学的一般知识。不仅如此，沉湎于那神秘的、宗教性的化学研究，还把我引进黯淡的世界中。于是对于广泛的文学世界里所发生的事，我多半懵然无知。如今，我突然透过赫尔德，明白了一切新的运动，以及新的发展倾向。他自己早已是蜚誉文坛的名家，所著《片段》《评林》[1]及其他，使他跻身于普受祖国瞩目的一流人士之林。在他的精神世界里，究竟有过怎样的境界呢？在他的个性里，究竟有过怎样的冲突呢？这是无法把握，也莫可形诸于笔墨的事。然而，如果想到其后多年间他的作为与业绩，人人不得不承认，他所蕴藏的内在志气，实在是十分远大的。（见梁实秋主编，《歌德——名人伟人传记全集之40》，名人出版社，28-29页）

正是由于赫尔德的指点，他认识了莎士比亚的伟大，发现了希腊诗人品达（Pindaros）和传说中的3世纪古爱尔兰诗人奥西恩（Ossian）[2]的真正价值，并且对平民诗进行研究，在此后的日子里，写出了《五月之歌》这样充满感情、无比细腻的抒情作品，为德国的诗坛增加了独特的色彩；也正是在赫尔德的启蒙思想影响下，他创作出《少年维特之烦恼》等洋溢着"狂飙突进运动"性质的追求个性解放、崇尚真实情感、反对陈旧腐朽思想的作品，表达了德国年轻一代人的憧憬和痛苦。

---

[1] 指赫尔德的著作《关于近代德意志文学的断想》《批判之林》。
[2] 奥西恩又译为"莪相"，3世纪时爱尔兰诗人。实际上，所谓"奥西恩的作品"大部分是苏格兰诗人詹姆斯·麦克菲森创作的。

（2）田园恋歌

歌德这种思想上的变化，也反映在他的恋爱生活中。

歌德看了赫尔德推荐给他的18世纪英国作家奥利弗·哥尔德斯密斯写的感伤主义小说《威克菲尔德牧师传》。他被小说中的情境深深打动，对小说中的人物心存向往。

1770年10月，歌德应朋友之邀，前往斯特拉斯堡近郊的农村塞森海姆，拜访路德派教会的一位牧师。他想亲身体验一下小说中的那种田园生活。

塞森海姆是斯特拉斯堡城郊的一个宁静的村庄，从斯特拉斯堡去那里的路程有6个小时。好客的牧师经常接待来此地旅游的人。歌德的这次郊游成就了他最著名的、最浪漫的一次短暂爱情。

牧师和太太有两个女儿和一个儿子。当歌德看见牧师的小女儿时，仿佛看到了"在这乡村的田园上空，出现的一颗楚楚可怜的星星"。（见梁实秋主编，《歌德——名人伟人传记全集之40》，名人出版社，30页）她穿着一条有绳边的圆筒形的白色裙子，美丽的脚一直到踝骨都露出来；一件短而白的紧身马甲，一条黑色的薄绸围裙，一条黄金色的辫子，一副自由自在的毫无拘束的神情。歌德跟她交流，感到纯真和美好。

歌德不可抑制地爱上了这个美丽、纯洁、质朴的姑娘——弗里德里克。莱比锡经济的繁荣让歌德对

弗里德里克

喧嚣热闹的城市生活感到了厌恶，斯特拉斯堡大学繁重的学业让他无比疲惫，如今这恬静的田园景致让他感到无比惬意，这位天使般的姑娘也深深地吸引着他。

歌德返回斯特拉斯堡大学后，日夜思念着弗里德里克，忍受着度日如年般的相思煎熬。第三天，歌德就给弗里德里克写信，用诗一样的语言诉说着离开她的心情。爱情的力量激励着歌德，他创作的灵感跃动着，他的每一个词语都充满着感情，每一个句子都细腻无比。

塞森海姆牧师之家（歌德绘于1770—1771年）

这种无尽的幸福感使歌德写诗的兴趣大增，他许久不曾有的灵感此时又回来了。

以后的日子，只要歌德能够抽出时间，就会来到牧师家。在牧师家，歌德和弗里德里克形影不离。歌德还帮助牧师对老房子进行改建设计和绘制图纸，时间久了，牧师一家对待歌德也如家人般。歌德和弗里德里克的感情快速发展着，很快就双双坠入了爱河。

1771年5月的一天，两人在田野上漫步。面对大地复苏的春光，看着身边美丽可爱的姑娘，歌德情不自禁，写下了《五月之歌》，因其情真意切，成为传世名篇。

  自然多明媚，
  向我照耀！

太阳多辉煌!
原野含笑!

千枝复万枝,
百花怒放,
在灌木林中,
万籁俱唱。
人人的胸中
快乐高兴,
哦,大地,太阳!
幸福,欢欣!

哦,爱啊,爱啊,
灿烂如金,
你仿佛朝云
飘浮山顶!

你欣然祝福
膏田沃野,
花香馥郁的
大千世界。

啊,姑娘,姑娘,
我多爱你!
你眼光炯炯,

你多爱我!

像云雀喜爱
凌空高唱,
像朝花喜爱
天香芬芳,
我这样爱你,
热血沸腾,
你给我勇气、
喜悦、青春,

使我唱新歌,
翩翩起舞,
愿你永爱我,
永远幸福!

(见歌德著,钱春绮译,《歌德名诗精选》,太白文艺出版社,1997年版,100-102页)

歌德因为爱情创作了一系列诗歌,其中有著名的诗篇《欢聚与离别》《野蔷薇》等。

歌德的毕业论文没被通过。这是因为他的毕业论文内容涉及了教会史,被认定不适合作为博士论文发表。但专家对他的论文给予了肯定,认为他将来大有可为,建议他就别的命题再写一篇论文。歌德重新拟定论文,就自然法、继承法等命题进行讨论,最终获得了学位。

这时，歌德已经有半个月没去牧师家了。痴情的姑娘心里装满了歌德，她想到城里看望歌德。恰巧在城里的亲戚邀请牧师一家去城里做客，弗里德里克高兴地同父母及姐姐来到城里，来到歌德所在的城市。歌德有时间就来陪伴弗里德里克。

可能是巨大的学习压力，也可能是爱情的狂热令这个理智的人惊醒，歌德感到了这是一场没有结局的恋爱。况且，在城里，置身于城市的高大建筑和人文环境中，在华丽庄重的帏帘、座钟、瓷器中，仪容华贵的太太、小姐才是与这环境相配的。而弗里德里克的衣着在田园里有着天然的灵动，在城里却如仆人一般存在。在这忙乱的毕业季，歌德的心处于现实与爱情的矛盾与痛苦中。

歌德即将毕业了，他也即将离开斯特拉斯堡了。他知道，自己就要离开心爱的姑娘弗里德里克了。

1771年6月，歌德最后一次前往塞森海姆，他的心情很不安。分别那天，弗里德里克流着眼泪目送骑着马儿离去的歌德。这段恋情从初识到分别不到一年的时间，弗里德里克的爱情却几乎陪伴了歌德在斯特拉斯堡大学的整个学习生涯。

1771年8月6日，歌德获得了法律博士学位。之后，他带着法学学位离开了斯特拉斯堡，回到了故乡法兰克福。

在法兰克福，歌德怀着愧疚的心情给弗里德里克写了一封诀别信。弗里德里克的回信让歌德心痛欲碎。

弗里德里克后来一直没有结婚，她在家乡度过了孤寂的一生。

4. 初登文坛　崇尚莎士比亚

回到故乡的歌德成立了一家律师事务所。此时的他还没有从恋爱的忧伤中走出，内心的负罪感让他苦闷懊恼。他想借助交友、旅行和写作来排遣烦恼。歌德的父亲对儿子寄予厚望，看着歌德对律师事务所的事情不挂在心上，很是无奈，只能默默地帮助打理，好在他了解律师方面的事务。

歌德对文学的热爱只增不减，特别是在赫尔德的影响下，他阅读了莎士比亚的作品，认为莎剧把政治、历史大事搬上了舞台，反映的是"自然"，摆脱了古典主义的束缚，符合德国"狂飙突进运动"的主旨。他对《哈姆雷特》由衷地热爱，认为戏剧就应从情节、时间、地点三者统一的古典模式中解脱出来，主张生活和文学都应该是自然的表现。1771年的10月14日，歌德在"纪念莎士比亚的命名日"大会上，发表了一篇演讲《与莎士比亚在一起的日子》，其中提道：

自然啊！自然啊！没有什么如莎士比亚的人物一般自然。

……

我们这些人从小在自己身上感到的一切一切，在其他人身上看见的一切一切，都只是束缚和扭曲，又哪儿能认识自然呢！面对莎士比亚我经常感到羞愧，因为不少时候我在一见之下便不由得想，要让我来写准是另一个样子！随后我便认识到，我真是个可怜虫，自然借莎士比亚之口吐露真言，我的那些人物呢，不过是一些由传奇小说的怪诞想法吹成的肥皂泡而已。

（见杨武能译著，《漫游者的夜歌：杨武能译文自选集》，中译出版社，2022年版，55页）

歌德在这里，公开提出反古典主义文学，"把所有高贵的心灵从所谓的文雅趣味的乐园中唤醒"（引文同上，54页），要在文学界掀起一场革命，这就是后来的"狂飙突进运动"。

歌德开始收集葛兹·冯·伯利欣根的传记，准备把它写成莎士比亚式的反古典主义戏剧。

歌德现在的生活方式、写作方式已与他的家乡法兰克福的风俗、风格不相容了。他经常在他创作的滑稽剧和讽刺剧中对当时的作家和作品进行讥讽。这样一来，他在法兰克福的文学圈子里越来越孤立。父亲对他的行为也极为不满。

5. 韦茨拉尔就职 时代的烦恼

1772年5月10日，歌德听从父亲的教谕来到了韦茨拉尔的帝国最高法院。同年5月25日，他开始在帝国最高法院实习。父亲本来对儿子的学业成果感到满意，为他领取了律师执照，希望他从此能安心做这个职业。但青春旺盛的歌德却安静不下来，他本来就不喜欢法律，对事务所的事情采取应付态度，因此来找他的人很少，这样的日子过得既枯燥又无聊。有一次歌德出庭辩护，由于言辞太激烈，受到法官的斥责，这使他对这个职业更是心灰意冷。

这次在帝国最高法院的实习对歌德来说并非不重要，他对帝国最高法院还是很感兴趣的，因为他希望能够从中获得一幅帝国现状的图景，尽管他同时也意识到了自己专业知识的不足。歌德希望做一些依照进步的、人本主义裁决的实践活动，以及做一份顾及心理和社会因素的法律工作。

韦茨拉尔是个荒凉乏味的城市，23岁的歌德起先只是喜欢郊外的自然风光，但韦茨拉尔却注定要在他的头脑中留下深刻的记忆。

1772年6月9日，歌德去参加福尔佩特豪森舞会，在路上他认识了亨利·布胡法官的大女儿夏绿蒂。夏绿蒂长得并不十分美丽，但活泼可爱，周身散发着青春的气息。她母亲去世后，她就代替母亲尽心尽力抚育她的10个弟妹。歌德与她以及另外一些人同车赶赴舞会。夏绿蒂的未婚夫克斯特纳因事耽误了，他骑着马在后面走。

克斯特纳是韦茨拉尔公使馆的秘书，他头脑聪明，处事稳重，知识渊博。克斯特纳比歌德大几岁，同时也是歌德的朋友。

夏绿蒂比歌德小4岁，她没有过于热烈的感情和超越传统的思想，但她有一份淡淡的宁静，注重的是人们对自己的评价以及自己在人们心中的位置。

在歌德的眼里，夏绿蒂是一个不爱打扮、矜持又淡泊的女子。但那种"轻盈秀丽的体貌、纯良健全的性格、蓬勃的朝气、稳妥处理日常事务的才智"（见歌德著，荒原编译，《歌德自传》，沈阳出版社，1995年版，361页）的魅力深深地吸引和迷醉了歌德。

那次舞会上，夏绿蒂让歌德着迷，歌德对她一见倾心。

第二天，歌德去她家探访了她。夏绿蒂因为自己已经订婚，与歌德的交往便没有了矜持，只有倾心相处。她也很喜欢跟歌德交流、往来。从此，歌德几乎天天都来夏绿蒂家，和她的弟弟妹妹在一起。整个夏季，农场、牧场和花园都留下了他们的身影。和夏绿蒂在一起的日子，他感到莫大的幸福。然而，这一开始就注定了歌德的爱恋是一场单相思。因为在夏绿蒂心里，她的未婚夫克斯特纳是一个非常正直和可信赖的男子。

刚开始，克斯特纳也经常和夏绿蒂、歌德在一起聊天，同歌德保持着友谊。在度过一个晴和美好的夏天以后，歌德深感他们三人

歌德手持夏绿蒂的剪影

的关系日趋紧张和尴尬。夏绿蒂也明确表示只能给歌德以友谊，并且越来越巧妙地与歌德保持着距离。歌德明白自己的爱没有结果，但他陷在感情的困境里难以自拔，甚至萌发了自杀的念头。他将一把磨好的匕首放在枕头底下，但最终他还是解脱出来了，他的理智占了上风。

歌德决定离开此地，临别前一天，歌德带着迷惘而痛苦的心情来到花园，决定见夏绿蒂最后一面。这次见面更加深了他的离别之苦。晚上，他分别给克斯特纳和夏绿蒂写下了一封告别信。

1772年9月11日，歌德离开了韦茨拉尔，回到了法兰克福。

一年后，歌德在法兰克福完成了书信体小说《少年维特之烦恼》。1774年8月31日，他给夏绿蒂寄去了自己的剪影和这首《致绿蒂》的诗。

> 倘若一位高贵的死者，
> 例如牧师或者议员先生，
> 由他的遗孀请人刻制铜像，
> 并且在像下诌上一段诗文，
> 那定是：瞧瞧这脑袋和耳朵，
> 瞧他的长相多么精神，
> 再瞧这额头，还有这双眼睛。

可是你们从那鼻子上，
却看不出他聪明的头脑，
还有他为大众立下的功勋。

亲爱的绿蒂，这儿也写着：
我赠给你我的剪影，
你能看见我长长的鼻子，
高耸的脑门，乞求的嘴唇，
一张肯定十分丑陋的脸——
可是你却看不见我的爱情。

（见歌德著，杨武能译，《歌德抒情诗选萃》，四川人民出版社，2009年版，34页）

年轻的歌德在诗中表达着自己内心的烦恼和与鄙俗社会的格格不入。他的感伤、他的愤世嫉俗、他的真挚情感，无不展现着对社会的一种批判精神。这是在重重封建压迫下渴望个性解放的青年一代的心声。

6. 掀起狂飙 创作第一个高峰期

1772年9月到1775年是歌德文学创作的第一个高峰期，绝大多数"狂飙突进运动"时期的作品，如《葛兹·冯·伯利欣根》《少年维特之烦恼》《普罗米修斯》《史推拉》《克拉维哥》都是在这一时期写成的，歌德因此成为"狂飙突进运动"的主将，也因此成为当时风靡德国的青年作家。

歌德回到法兰克福后，任市议会参议员的舅舅找了一些法律上的事务委托歌德办理。为了寻找精神寄托，也为了让父亲满意，歌德这次把大部分时间都用在了为自己的当事人辩护的事务上。从他写的辩护词，他进行法庭辩护的表现上看，他活脱脱就是一个雄辩家，字里行间呈现出一个作家的风范。

实际上，歌德最高兴的事情还是他创作了剧本《葛兹·冯·伯利欣根》。剧中的主人公葛兹凭借自身的力量反抗社会、争取自由的精神，正符合赫尔德与他谈话时论述的"狂飙突进运动"宗旨。歌德要把这个16世纪最高贵的德国人的故事传播出去，歌颂他的勇敢正直、不畏强暴、追求自由的精神。

（1）狂飙处女作——《葛兹·冯·伯利欣根》

歌德看了16世纪有名的骑士葛兹写的自传《铁手骑士葛兹》，立刻被这位英雄的形象吸引住了，他随即开始写剧本《葛兹·冯·伯利欣根》。经过几次修改，于1773年发表，这时他24岁。

葛兹本是16世纪的一个没落骑士，他反对封建割据，维护皇权；他同情被压迫者，追求自由。当时正是德国农民战争时期，葛兹以建立一个依靠骑士的皇权为目的，参加了农民起义军，并担任军事指挥。但他与农民军貌合神离，与敌人妥协，后被俘囚禁。歌德把历史上的葛兹加以理想化，把他描绘成一个反抗封建诸侯和暴政的英雄，事迹上也做了一些改动。

剧本《葛兹·冯·伯利欣根》中的葛兹是雅克斯特豪森的世袭领主。他刚强正直，见义勇为，对诸侯的专横暴虐十分不满，致力于钳制诸侯，除害安良。他在一次战斗中失去了右手，安上了一只铁手，因此他得到了一个称号——"铁手骑士"。以主教为代表的封建诸侯领主们对葛兹又恨又怕，他们收买了葛兹的朋友——骑士魏斯林根，让他来反对葛兹。在一次敌我力量悬殊的战斗中，葛兹不幸中计被俘，被囚禁在海尔勃隆。他的妹夫济金根闻讯赶来，将他救了出来。这时，农民起义爆发了。在起义者的强制要求下，葛兹做了他们的首领。但是身为贵族的葛兹与农民军的思想和行动不一致，他只得孤身离开了农民军。农民军发生了内讧，被魏斯林根击溃。受伤的葛兹再一次进了监狱，由于他伤势过重，不久就在牢房里死去了。

歌德把葛兹塑造成一个反封建、争自由的英雄。葛兹对诸侯领主们作战，体现了"狂飙突进运动"的反抗精神。该剧本是受莎士比亚作品的影响写成的，剧中人物众多，场面不断变换，在形式上打破了古典戏剧的规则，全剧语言生动，形象鲜明。这个剧本在政治上表现了德国人民渴望自由、渴望国家统一的心情。剧本一出版就风行全国，尤其受到了青年人的欢迎，他们争相阅读。年轻的歌德也因此一举驰名全国，成了"狂飙突进运动"的代表人物。

"狂飙突进运动"是18世纪70年代德国文学青年掀起的一次反封建的思想文化运动。运动期间，反封建、反因袭道德的作品陆续出现，德国各地的许多青年作家都加入了这一行列。这些进步青年出于对德国封建落后的社会状况的不满、对金钱势力压迫的不满、对农民穷困情况的不满，掀起了一股反抗浪潮。"狂飙突进"这一名称来源于当时的剧作家弗里德里希·马克西米利安·克林格的《狂飙突进》（1776）剧本名。《狂飙突进》中的青年主人公维尔德这样说道："让我们发狂大闹，使感情冲动，好像狂风中屋顶上的风标。在粗暴的吵闹中我不止一次地感到畅快，心中仿佛觉得轻松。"（见石璞著，《欧美文学史》，四川人民出版社，1980年版，512页）体现了重压下的青年一代躁动的情感，希望能在狂飙中忘怀一切。这个运动的实质就是反对封建制度束缚，提倡反抗精神，要求个性解放，让压抑的思想情绪得以爆发。这个运动的纲领是崇尚自然、推崇人才，作家们也以天才自命，要求民族发展，反对封建专制，反对模仿法国文学，要求创造德国自己的民族文化风格。

这批青年作家掀起的文学运动如"狂飙"般势不可当，这种"狂飙式"的热情一度席卷全国。

"狂飙突进运动"大致始于1770年。赫尔德是运动纲领的制定者。歌德的《葛兹·冯·伯利欣根》可以说是他在"狂飙突进运动"中的第一部杰作。虽然它是一出历史剧，写的是16世纪的德国，但其实就争取自由而言，由于都是封建专制，历史与当下的本质是没有大的差别的。歌德的这个剧本既不是要恢复骑士制，也不是为了维护皇权，而是让葛兹穿着骑士的外衣与专制制度的维护者进行斗争，他的身上体现了"狂飙天才"们反封建、反教会的思想和启蒙主义者的人道主义精神。赫尔德由衷地称赞《葛兹·冯·伯利欣根》"有着德国式的力量、深邃和真理"，带给人的是"天国般的欢乐的时辰"。（见艾米尔·路德维希著，甘木等译，《歌德传》，天津人民出版社，1982年版，53页）恩格斯称歌德的这个剧本是"通过戏剧的形式向一个叛逆者表示哀悼和敬意"。（见爱克曼辑录，朱光潜译，《歌德谈话录》，译林出版社，2021年版，287-288页）不过，葛兹反抗现实却不是面向未来，而是回望过去，希望恢复中世纪的神圣罗马帝国，在皇帝的统治下成立宗法家长式的联合。因此，他惧怕农民斗争，最终脱离民众，在孤军奋斗中走向了失败。这反映出"狂飙突进运动"的历史局限性。

剧本《葛兹·冯·伯利欣根》在艺术性上也很有特色，它冲破了古典主义的"三一律",整个剧情自由展开,不受时间和地点的限制。在这个剧本中,竟出现了30多个不同的地点,从吉卜赛人的帐篷到骑士的城堡,从铁马的兵营到皇帝的庭园,从繁茂的森林到阴森的牢房,地点变换频繁,画面十分广阔。这个剧本具有异乎寻常的力量、深度和真实,被认为是德国第一部现实主义历史剧。作品突出了"铁手骑士"葛兹在反抗封建领主统治中所表现出的渴望自由的思想情绪,是歌德向一个叛逆者表示哀悼和敬意的杰作。

1773年夏,剧本《葛兹·冯·伯利欣根》一问世,立刻轰动了整个德国文坛,受到进步知识界广泛而热烈的欢迎。诗人毕尔格于1773年7月8日在一封致友人的信中称歌德为"德国的莎士比亚"。

(2)震惊文坛的书信体小说——《少年维特之烦恼》

离开了心仪的夏绿蒂,歌德最知心的妹妹科纳里娅也出嫁了。歌德的心像被抽空了一般,他痛不欲生。这时,从韦茨拉尔传来了他的朋友耶路撒冷自杀的消息,歌德便写信询问克斯特纳,克斯特纳在回信中告诉他耶路撒冷于1772年10月底自杀的真相。

耶路撒冷是歌德在莱比锡大学的同学,他爱好英国文学,性格有些内向,在韦茨拉尔的布伦瑞克公使馆当秘书。据说他热恋一个朋友的妻子,因无法实现愿望,又无法排遣内心的情感,便假说要去旅行,借了朋友的手枪,在1772年10月30日的夜里自杀了。他死时穿棕色长靴,身着黄色马裤、青色燕尾服。歌德不敢相信这个事实,因为此前不久,他们还在一起探究人生的意义。

歌德于1772年11月6日—10日短暂地重返韦茨拉尔。

耶路撒冷的自杀,把歌德从痛苦中拉回现实。他以单纯和冷静的态度审视这件事情与自己所经历类似际遇的相似之处。没有不受干扰、纯洁自由的创作空间，没有纯净的工作环境，没有可触摸的真实情感。社交场合上是一张张戴着面具的脸，华丽的外表裹着的是一颗颗虚伪的心。工作中还要面对公众的挑剔，每天都担心可能从不同地方冒出的说长论短，以及在人群中掀起的流言蜚语。这对创作者来说就是在被毁灭，既做不了一个诚实的人，也还原不了事物的本来面目。虚空的一切，这对一个诗人来讲是很无奈的，歌德只好尝试从自己的内心去寻找力量。

想到自己对夏绿蒂纯洁的爱的体验，想到这几年周围工作环境及家庭给自己造成的压抑的心情，种种事情凑在一起，内心的苦楚和郁闷大量积聚，以致终于爆发，他决定创作《少年维特之烦恼》。

1774年2月，他开始动笔，将自己真切炽热的感情，全部倾注于笔端。经过4个星期的闭门写作，于1774年3月初完稿。故事的情节及主人公维特的书信、日记的内容都与歌德的经历及给夏绿蒂的信相差无几，只是小说中的维特死了，歌德却活着。

维特的画像

1774年秋，小说《少年维特之烦恼》一经出版，立即引起轰动，对歌德本人而言，这里有太多的不可预知的愁苦和非语言所能表达的苦痛，有着太多的深藏于心的愤懑和对凡尘的心灰意冷。小说获得了巨大的成功，并由此引发了感伤主义文艺思潮，成为"狂飙突进"文学运动的代表作。

小说一再重印，引发了社会舆论的大讨论，震惊了德国文坛。

维特式的黄背心和青色外套流行开来，有些青年甚至模仿小说中维特的自杀行为，整个德国社会被小说中的悲观情绪所笼罩。最后，政府不得不禁止这部小说的继续印制和销售。

这部由歌德心血哺育出来的小说，积聚了歌德大量的发自内心的情感和思想。该书出版后，歌德只读过一次，他甚至尽量避免再次读到它。他说："这堆火箭弹足以让我为之深深不安，当初创作这部作品时的病态心理是我所不愿再度体验的。"（见爱克曼著，李华编译，《歌德谈话录》，天地出版社，2013年版，23-24页）

《少年维特之烦恼》的出版，在德国文学史上具有划时代的意义，它不仅使年轻的歌德一跃成为享有全欧洲盛誉的作家，也为德国文学在世界文学领域中争得了一席重要地位。

至于人们茶余饭后常挂嘴边的"维特时代"，歌德认为这与一般世界文化的进程无关，它所涉及的只是个体的生活，人有渴望自由的天性，但生活在一个限制累累的陈腐世界里，人们唯一能做到的就是学会适应。幸福受到阻挠，活动难逃制约，理想遭遇破灭，这些都不是某个特殊时代的缺陷，而是一个普通人的不幸，但正是这种不幸构成了五彩斑斓的人生。如果一个人从来不曾经历过《少年维特之烦恼》中所描写的那个阶段，那么，对于他的人生而言，无疑是一种缺憾。

（3）最激越有力的诗剧——《普罗米修斯》

青年歌德有着充沛的精力和旺盛的创造力。1773年秋，歌德开始写诗剧《普罗米修斯》，但当时没有完成，只写了普罗米修斯的独白片段——颂诗《普罗米修斯》。

这是一首用无韵颂歌体写就的诗，全诗共7节。全诗洋溢着普罗米修斯对最高天神宙斯的反抗精神。

普罗米修斯是希腊神话中的一位造福人类的神。他曾用泥土制造了人，为了让人类过上温暖、幸福的生活，他又从天上盗取属于天神专有的火种，给人类送去光明。因此，他触怒了众神之父宙斯，受到严酷惩罚。宙斯把他锁在岩石上，派鹫鹰每天啄食他的肝脏，但他决不向暴君屈服。

歌德在该剧中塑造了一个不畏强暴、为人类的幸福勇于牺牲自己的普罗米修斯形象，表达了对普罗米修斯英雄行为的赞颂、钦佩和感激之情。

诗中，被绑着的普罗米修斯对宙斯发出了愤怒的反抗，显示出普罗米修斯不屈的意志和力量：

> 我不知在太阳下，诸神啊，
> 有谁比你们更可怜。
> 你们全靠着
> 贡献的牺牲
> 和祈祷的嘘息，
> 养活你们的尊严。
> 要没有儿童、乞丐
> 和满怀希望的傻瓜，
> 你们就会饿死。

（见歌德著，杨武能译，《歌德抒情诗选萃》，四川人民出版社，2009年版，22页）

歌德以此表示对群神的蔑视，对神圣秩序的蔑视，并且指出神之所以能维持统治，全靠人们愚昧的崇拜供奉。在这里，歌德把斗争的矛头指向了德国愚昧落后的封建统治。

《普罗米修斯》是歌德青年时代暨"狂飙突进运动"时期的代表作，它饱含"狂飙突进运动"的热情，体现了启蒙主义思想的理性力量，是歌德最激越有力的诗剧。诗中的宙斯象征着封建暴君，而普罗米修斯则象征着当时反封建制度的"狂飙突进运动"的突进分子，是资产阶级知识分子自我意识觉醒的代表。普罗米修斯在高加索的山崖上孤独地反抗着，其生动的形象激励着世界上所有的被压迫、被奴役的人们要为自由而斗争。

颂诗发表后，受到德国戏剧家、文艺批评家莱辛的称赞，还引发了莱辛与歌德的好友雅各比的诗学论战，成为当时著名人物之间关系破裂的导火索。

后来，这个剧本在1830年出版。

普罗米修斯让歌德的灵魂受到洗礼。投身"狂飙突进运动"中的歌德还写了许多热情奔放的抒情诗，比如《五月之歌》《湖上》等。在这些诗中，他歌颂生机勃勃的大自然，歌唱天地万物自由的精神，借以表达出反对封建束缚的思想倾向。

歌德一生写过2500多首诗，这些诗都是他思想感情的自然流露，感人肺腑。他还写了文艺理论等不同题材的作品，如《论德意志建筑艺术》《戏剧协奏曲》《牧师的信》等。

（4）婚约

1775年元旦，歌德应邀出席一个家庭的音乐会。音乐会在法兰克福已故银行家舍内曼的豪华住宅里举行。在这个音乐会上，歌德认识了银行家17岁的独生女儿安娜·伊丽莎白（昵称丽莉）。

丽莉的画像

丽莉有着一张漂亮的脸庞，黄色的头发，蓝色的眼睛，此刻的她正气定神闲地坐在宽敞的客厅里，为来访的客人弹奏钢琴。她轻巧手指下的美妙琴声，让所有的来宾为之动容。歌德被丽莉的美貌和气质打动了，他感到这样的生活品位才是高尚的。为了接近和追求丽莉，歌德卷入了上流社会的生活方式之中。他经常邀请丽莉一起骑马出去游玩，两人很快建立了感情。

经过歌德疯狂的追求和两家家长的默许，4月中旬，他们两人订了婚。但歌德的父亲不喜欢丽莉，因为丽莉接待宾客像"交际花"。两家的宗教信仰不同：舍内曼家属改革教派，歌德家属路德教派。两家也不完全门当户对：舍内曼家是法兰克福大银行家，家财万贯，歌德家祖父是裁缝，父亲是空有其名的皇家顾问，吃的是俸禄。两家的家规和生活情趣也迥然不同：丽莉家经常是宾客盈门，而歌德家讲究清净，爱好书画。所以，尽管他们订婚了，歌德却感到了他和丽莉的结合没有未来。恋爱多半是两个人的事情，而婚姻却带来很多的社会关系。歌德家永远也不会有丽莉家那样的交际场合，丽莉的光彩夺目是与家庭环境分不开的。丽莉家中往来的客人们大多是商人和银行家，他们衣着时髦华贵，歌德为了不至于相形见绌，也只好频频更换服饰。这种财力和精神上的双重压力，让歌德感到心力不足。他在《新的爱情，新的生活》一诗中表达了自己的复杂心情：

心，我的心，你怎么啦？
是什么使你如此困窘？
完全陌生而崭新的生活！
我已不能再将你辨认。
你爱的一切已不复存在，
你的烦恼也全都消遁，
你失去了勤奋和安宁——
唉，你怎么落到这般窘境！

是那含苞欲放的春花，
是那美丽可爱的清姿，
是那忠诚善良的顾盼
拴住了你，用无穷魅力？
一当我想从她身边飞走，
一当我欲鼓起勇气逃离，
我立刻又会回到她的身边，
唉，腿不由心，身不由己。

那可爱而轻佻的少女
就用这根扯不断的魔线，
将我紧紧系在她身旁，
尽管我十分地不情愿；
于是我只得按她的方式，
生活在她的魔圈中间。
一切俱已面目全非啊！

爱情！爱情！快放我回返！

（见杨武能著，《走近歌德》，四川人民出版社，2022年版，199-200页）

歌德也不愿陷在这种虚无的生活中。其中除了家庭的原因外，主要也在于歌德怕受爱情的束缚。因为他想在广阔的世界里按照自己的想法生活、拼搏、写作，他决定放弃这段感情。

1775年5月，歌德接受朋友的邀请去瑞士旅行。摆脱了丽莉感情的羁绊，离开令人讨厌的环境，他感觉自己又是一个自由身了。

在苏黎世，歌德拜访了年已77岁的瑞士文艺批评家、有"瑞士的弥尔顿"之称的诗人博德默尔。之后，歌德在朋友的陪伴下，逆苏黎世湖而上，访圣玛利亚修道院，登上施维茨的哈根山，游览传说中的威廉·退尔的遗迹和礼拜堂。他在这湖光山色中写下了著名的诗歌《湖上》。

鲜的营养，新的血液，
我从自由的天地汲取；
躺卧在自然的怀抱里，
何等温暖、惬意！
水波轻摆着船儿，
和着荡桨的节拍，
湖岸奔上前迎接，
云山直插天际。

眼睛，我的眼睛，你为何沉下？

是金色美梦，它们又袭扰你？

去吧，梦，尽管你色美如金！

眼前也有爱，也充满生趣。

千万颗跳荡的星儿，

在湖波上面闪明，

四周耸峙的远山

正在柔雾里消隐，

晨风鼓动着羽翼，

港湾覆盖着绿荫，

湖水中一片金黄，

是成熟的果实倒影。

（见杨武能译，《歌德抒情诗选萃》，四川人民出版社，2009年版，44页）

诗中尽管闪现了对丽莉的思念，但歌德还是战胜了自己对"金色美梦"的留恋。

1775年9月20日，歌德与丽莉解除了婚约。他们从认识、订婚到解除婚约不到一年的时间，但是丽莉留给歌德的印象让歌德终生难忘。

歌德在《诗与真》中写道："我深思的结果已决定抛弃丽莉，但是我爱丽莉之心使这种理性的裁断动摇。丽莉也抱有同样的意向与我分别，我便试作散心的胜游，但是结果却正与预期相反。"（见歌德著，刘思慕译，《歌德自传》，人民文学出版社，1983年版，839页）这年的12月24日是平安夜，歌德辗转反侧，夜不能眠，沉浸在痛苦的思念中，一想到永远失去了丽莉，便心如刀割。他随手写下了一首四行诗，表达了内心的愧疚和痛苦：

可爱的丽莉，你曾一度
是我全部的欢愉，全部的歌，
唉，而今你成了我全部的
痛苦——但仍是我全部的歌。
（见歌德著，杨武能译，《歌德抒情诗选》，漓江出版社，2012年版，67页）

回忆只能使歌德伤悲，他只能依靠创作将自己远离现实。这一年，歌德写了剧本《史推拉》，作品中的人物和情节多少反映了他的这种愧疚和痛苦的心情。

丽莉是歌德心中隐隐的痛，以致歌德在以后的日子里无法忘怀。1797年，歌德携妻子回故乡法兰克福小住时，想到了他的旧爱丽莉，痛苦地写下了《诀别》一诗：

背弃誓言十分容易，
履行盟约实在太难，
只可惜没有任何许诺
不是我们自己的心愿。
……
我该做的，已经做了，
你不必因为我再觉遗憾；
只是请你原谅你的朋友，

他要离开你，恢复内心的安闲。

（见歌德著，杨武能译，《歌德抒情诗选萃》，四川人民出版社，2009 年版，102 页）

80 岁高龄的歌德，在接受丽莉的一位亲戚拜访时坦言，丽莉是他真心深爱的第一个女性，是一生中唯一爱过并且永生不忘的女人。这时，丽莉已经去世十二年了。

（5）忏悔与转折——《史推拉》《克拉维哥》

剧本《史推拉》是歌德的忏悔作品之一，讲述的是一个美丽善良的女子史推拉哀婉悱恻的爱情悲剧故事。16 岁的史推拉，由于一个偶然的机会，与比她大 10 多岁的费南多结识，他们之间很快产生了爱情，但史推拉不知道费南多是有家室的人。费南多爱史推拉年轻貌美，便瞒着她遗弃了妻子车绮丽和女儿罗西，带着她来到乡间居住。5 年后，费南多不辞而别，这一别就是 3 年，其间杳无音信。孤独的史推拉雇了一个少女给自己做伴，少女带着她的母亲沙媚夫人一起来到家中。这时，离家 3 年多的费南多也回来了。费南多发现那个叫沙媚的中年妇女就是 8 年前被他遗弃的妻子车绮丽。此时，正打算住在一起的 3 位女性明白了她们思念等待的是同一个人。剧情矛盾纠葛缠绕，大段台词表达各人心声。妻子的痴情使费南多的良心受到震动，他决定离开史推拉，与妻子女儿团聚。史推拉承受不了这个打击，服毒药自尽，悔恨交加的费南多随即也用手枪自杀了。该剧描写了负心男子的内心忏悔，也描写了痴情女子的爱情悲剧。这个剧本于 1775 年完成。

此前，歌德用一个星期的时间写了一个剧本《克拉维哥》(1774)，也是描写负心男子的忏悔和被弃女子的不幸的。克拉维哥原是一个穷困潦倒的青年，他得到富商的养女玛丽亚的帮助，两人之间产生了爱情，克拉维哥发誓要娶玛丽亚为妻。可是他当上了王家史官后，却违背诺言抛弃了玛丽亚，导致玛丽亚的病亡。玛丽亚死后，他在她的灵前表示忏悔，最后丧生在玛丽亚哥哥的剑下。

这两个剧本和《少年维特之烦恼》一样都带有悲剧色彩，都是描写不幸的爱情的，但它们的思想意义却有很大的差别。《少年维特之烦恼》表现的是一个时代的烦恼和苦闷。维特的自杀，是基于对社会的不满和爱情的求而不得，是对封建社会制度和腐朽落后思想的抗议；而《史推拉》和《克拉维哥》剧中的主人公却只局限于爱情纠葛之中，没体现个性解放的要求，也没有表现现实生活中的矛盾。因此，这两个剧本都缺乏深刻的社会内容。

这种不敢面对现实的软弱，这种无法排遣内心苦闷的彷徨，使歌德对自己生出一种否定的烦恼。此刻，他对自己的未来有着太多的期盼，他向往着外面的世界，他想离开法兰克福了。

机会终于来了。1775年10月，新婚的卡尔·奥古斯特夫妇路过法兰克福时拜见了歌德。

早在1774年12月，当时17岁的魏玛公国太子卡尔·奥古斯特曾经慕名前来拜会《少年维特之烦恼》的作者，与当时25岁的文坛新星歌德见过一面。两人就莫泽著的《爱国者的空想》进行一番讨论，并探讨了作为国家治理者应该关心哪些社会现实的问题。

奥古斯特被歌德的政治、法律、宗教等方面的学识所折服。分别后的日子里，奥古斯特念念不忘歌德，对歌德的才华很钦佩。这次见面后，他真挚地邀请歌德到魏玛公国任职，帮助自己成就一番事业。此时渴望逃离爱情困境的歌德立即应允了。

第二部分 | 走进魏玛 走上政坛

人要是不那么死心眼，不那么执着地去追忆往昔的不幸，
而是更多地考虑如何对现时处境泰然处之，那么人的苦楚就会小得多。

一、中期创作：魏玛时期（1775—1805）

代表作品：

  长篇小说有《威廉·麦斯特的学习时代》（1796）

  剧本有《伊菲格涅亚在陶里斯》（1788）

   《哀格蒙特》（1788）

   《托夸多·塔索》（1790）

  魏玛是1741年建立的萨克森－魏玛－艾森纳赫公国的首府。早期的萨克森－魏玛和萨克森－艾森纳赫都是韦廷家族在图林根的若干邦国之一。1741年，萨克森－艾森纳赫公爵威廉·亨利去世。因萨克森－艾森纳赫绝嗣，公国被并入萨克森－魏玛。这个公国是当时德意志民族神圣罗马帝国的300多个邦国中较小的邦国，面积只有34平方英里（约合88平方公里），人口不过11万，站在全国唯一的高大建筑物——宫廷的阳台上，就可以俯瞰全国。

  在奥古斯特公爵（1757—1828）即位前，魏玛公国由他的母亲统治。1775年9月，母亲禅位给18岁的长子卡尔·奥古斯特。当时公爵在母亲的摄政下要将魏玛建设成文学与艺术的殿堂，所以他礼聘各方优秀的人才。奥古斯特的宏伟规划深深

魏玛公爵卡尔·奥古斯特

地吸引着歌德、赫尔德、席勒、维兰德等著名文学家、哲学家。后来，这些文学家、哲学家先后来到魏玛，将魏玛建设成了世界文化名城。魏玛被称为"德国精神的故乡"。

卡尔·奥古斯特公爵特意邀请在文坛初露才华的歌德担任大臣。1775 年，年仅 26 岁的歌德来到魏玛，在这里一直生活到 1832 年逝世。他以其非凡的才华，为魏玛开创了文化上的黄金时代。

1. 魏玛最初 10 年 走上政治舞台

1775—1785 年，歌德在魏玛的最初 10 年得到了奥古斯特公爵为他提供的政治舞台，有了一试身手的机会，这对歌德来说是有着重大意义的。歌德从此走上了参政议政的政治道路。

歌德的一生大多是在魏玛度过的，魏玛在歌德的生命历程中是至关重要的，歌德与魏玛的古典主义皆载入了文学史册。歌德在 1823 年 9 月 15 日对朋友这样说："如果你有一颗向往外面世界的心，魏玛的每一道大门和每一条街道都与世界相连。"（见爱克曼著，李华编译，《歌德谈话录》，天地出版社，2013 年版，7 页）

魏玛公爵府邸

1775年11月7日，歌德在内侍总管冯·卡尔布的陪同下，到达了魏玛。

这时的奥古斯特公爵18岁，歌德年长他8岁，两人相处得十分融洽，他们畅谈艺术、自然或者其他的话题。他们常常就某一个问题讨论到深夜，然后就在沙发上睡着了。3个月来，他们经常去户外骑马、狩猎、爬山。晚上就搭帐篷，露宿在山间或原野。其间，歌德了解了魏玛宫廷的情况，也了解了魏玛的知识分子之星、哲学教授维兰德及首相弗里奇等宫廷大员的近况。

维兰德接受的是夏夫兹博里和伏尔泰的唯物主义思想，喜欢莎士比亚的作品，他将莎士比亚的22个剧本译成德文，编为《莎士比亚戏剧集》。在任哲学教授以后，维兰德研究了人类历史以及卢梭的学说，集中思考帝王将相在历史上起过的和可能起的作用。他寄希望于开明君主，主张自上而下的改革。当时他正在主编、出版德国第一本德语文学杂志——《德意志信使》。

歌德来到魏玛做的第一件事就是举荐他的密友赫尔德来魏玛共事。在歌德的大力推荐下，赫尔德在1776年2月来到魏玛担任宫廷牧师及掌管教育和宗教事务的总监察。后来，席勒在1787年也来到了魏玛，在歌德的帮助下在耶拿大学任教。后来的魏玛成为"狂飙突进运动"开展的中心，歌德与维兰德、赫尔德、席勒被称为"魏玛四杰"。

1776年6月11日，歌德被任命为魏玛宫廷的枢密顾问官，走上了参政的道路，当然也就陷入了宫廷和政治纠纷中。后来他又担任了首相职务。这标志着他脱离"狂飙突进运动"，也标志着他用自然形式表达充沛情感的青年时代的结束。

枢密院是公爵领导下的最高权力机关，行使着行政管理和司法方面的职能。歌德作为宫廷大臣，每天都要出席各种会议。他负责主持外交，开发森林和矿山，整顿财务，管理交通，主持军政，办理兵役，兴办学校、剧院等事务性工作。歌德管辖的范围越来越广，精力也很充沛。由于歌德的勤奋工作且管理有方，魏玛公国的各个领域有了均衡发展，歌德于1782年被擢升为贵族。

父亲一直不赞同歌德去魏玛做官，并竭力加以阻挠。歌德不再服从父命，他要依靠所谓"开明君主"来达到资产阶级改良主义的目的。这与歌德的气质、精力及现实生活都有关系，也是他与现实妥协的一种表现。恩格斯曾对歌德这种有时敌视、反对，有时亲近、迁就德国社会的态度做过深刻的分析和论述："在他心中经常进行着天才诗人和法兰克福市议员的谨慎的儿子、可敬的魏玛的枢密顾问之间的斗争，前者厌恶周围环境的鄙俗气，而后者却不得不对这种鄙俗气妥协、迁就。因此，歌德有时非常伟大，有时极为渺小；有时是叛逆的、爱嘲笑的、鄙视世界的天才，有时则是谨小慎微、事事知足、胸襟狭隘的庸人。"（见马克思等著，杨铿编，《马克思恩格斯列宁斯大林论文艺批评》，文化艺术出版社，1983年版，5-6页）

魏玛公爵出于虚荣，很看重文学艺术，对歌德恩宠备至，言听计从。歌德在这里身居高位，掌握大权，成了宫廷中炙手可热的人物。歌德对奥古斯特赋予自己的各种职务从不推辞，认为这是对自己的一种考验。他孜孜不倦地从事各种工作，且全力以赴。有时，他也与年轻放纵的公爵一道打猎，作即兴诗，参加宫廷节庆和奇装舞会。他对自己繁忙的工作很满意，曾在1779年1月的日记中写道："现在我将自己浸溺在事业里，事业的压迫对一个人的灵魂是有益的，在事情做完后，一个人可以感觉到更多的精神自由和生活乐趣。

终日无所事事，常使人苦闷难堪，最好的禀赋对他来说，也就要变成尘埃灰垢了。"（见梁实秋主编，《歌德——名人伟人传记全集之40》，名人出版社，55页）

在这期间，由于实际工作的需要，歌德对自然科学的兴趣更浓了，他从歌颂自然转为研究自然。他走进了植物学、气象学、解剖学、光学等领域，做了大量的实验，写了大量的文章，在一些领域里他还有独创的成就。歌德在光学领域里与牛顿较量了一番，他反驳光的折射理论，认为所有的颜色都是由两种原色，即黑色和白色组成的。有一次，歌德赠给黑格尔一个黄色酒杯。酒杯是用波希米亚玻璃做成的，里面镶嵌着黑色丝织品，当阳光照到酒杯上的时候，玻璃就呈现出一种蓝色。歌德用这个向黑格尔证明他的颜色学说的正确性。1784年，歌德在人类的颅骨旁发现了腭间骨。虽然法国解剖学家维克·达齐尔在此之前4年就已经发现，但歌德是在不知情的情况下独立完成的。

来到魏玛的最初10年，是歌德创作上的沉默时期，他的文学创作趋于停滞。无数琐碎的政务和浮华的宫廷生活耗费了他的精力，他甚至将计划中的重要文学创作都基本搁置下来，只写了一些诗歌和供宫廷在庆祝活动时演出的剧本。维兰德曾惋惜地说："假如他不让自己来到我们这里，他那光彩的智慧，将要如何地有更多的成就呢！"（见李御著，《狂飙人格——歌德》，长江文艺出版社，2000年版，39页）这10年，是歌德从"狂飙"转入"古典"主义的过渡时期。"狂飙突进运动"由于没有明确的政治纲领，这时也低落下去了。歌德开始寻求一种与现实妥协的、比较实际的、冷静的生活态度。

这期间，歌德的作品有1777年开始创作的长篇小说《威廉·麦斯特的学习时代》、1779年创作的戏剧《伊菲格涅亚在陶里斯》,但都没有完成。

(1) 歌德的园林屋

歌德来到魏玛的第一个住所,是在城外东南郊的园林屋,它坐落在离伊尔姆河畔不远的玫瑰山麓。他来到魏玛后,发现了城郊这所近于坍塌的荒废小屋。在魏玛公爵的资助下,歌德于1776年4月花600塔勒(歌德当大臣时年俸1200塔勒)把房子买下,并整修起来。歌德在园子里种果树、开花坛、辟菜园,将这栋老屋建成一座舒适宜人的园林屋。歌德在此居住了6年,1782年他搬到城里了,但还经常到乡间园林来消夏,小屋成了他的别墅。

园林屋是座两层小楼,底层有客厅和厨房,楼上是书房和卧室。歌德在园林屋居住期间,除忙于公务外,开始了长篇小说"威廉·麦斯特"系列和剧本《托夸多·塔索》的写作。

"威廉·麦斯特"系列是与《浮士德》相提并论的名著,分为《威廉·麦斯特的学习时代》和《威廉·麦斯特的漫游时代》两部,歌德用了50年的时间才完成。这部小说描写了麦斯特对人生意义的追求和18世纪的德国社会面貌。

剧本《托夸多·塔索》描写意大利文艺复兴时期的诗人塔索(1544—1595)虽然被

歌德的园林屋

费拉拉公爵赏识，但在宫廷的现实生活面前却感到苦闷，这也反映了歌德在魏玛宫廷里参政的矛盾心情。

歌德此时结识了老公爵夫人的宫女夏绿蒂·冯·施泰因夫人（1742—1827）。两人的友爱持续了很久，歌德为她写了800多封书信。

歌德在园林屋里画过不少画作，写下了一些优美的诗篇，如《无休止的爱》《猎人的晚歌》和《对月吟》（也译为《对月》）。《对月吟》是歌德抒情诗中的杰作，被称为"最美的月光诗"。舒伯特等音乐家还为这首诗配过曲。诗中歌德把对夏绿蒂·冯·施泰因夫人的感情和对园林屋自然环境的热爱融合在了一起，诗是这样开头的：

> 你又把静的雾辉
>
> 笼遍了林涧，
>
> 我灵魂也再一回
>
> 融解个完全；
>
> 你遍向我的田园
>
> 轻展着柔盼，
>
> 像一个知己的眼
>
> 亲切地相关。
>
> （见梁宗岱著，《梁宗岱文集Ⅲ》，中央编译出版社，2003年版，54页）

这诗开头的两节，采用拟人化手法，把月亮作为移情对象，抒发了对恋人和田园的爱和赞美。诗中的林涧就是指丛林密布的伊尔姆河谷，而田园就是指歌德所住的园林屋。

(2)夏绿蒂·冯·施泰因夫人

1776年2月,歌德刚到魏玛不久,就在卡尔·奥古斯特的陪同下认识了夏绿蒂·冯·施泰因夫人。

施泰因夫人比歌德大7岁,生于1742年12月25日。她身材不高,有一头黑亮的头发,说话轻声细语。她的父亲是魏玛宫廷的礼部官长,她是在严酷冰冷的家庭环境中长大的,自幼接受的是加尔文教派的教育,行为规矩严谨,有很强的自我克制能力。16岁时,她在卡尔·奥古斯特的母亲的宫廷里做了一名宫廷女官。22岁时,她嫁给了魏玛宫廷的骑兵统帅冯·施泰因男爵。婚后的她生了7个子女,有4个夭折。她的丈夫追随侍奉公爵,她和子女们安分地蛰居在家里。

沉静的施泰因夫人虽然不算美丽,却另有一番风韵。她对歌德无微不至的关怀,显出年长女性的温柔贤惠,让歌德年轻飞扬的心在现实中冷静下来。歌德深爱施泰因夫人,而她又是比他年长的有夫之妇,两人都有丰富的阅历和人生的经验,因此,他们之间的爱不像以前歌德同女友之间的爱情那么纯洁、热烈,而是富有理智和冷静。

施泰因夫人对歌德的生活和事业都有一定的影响。她在宫廷有10多年的生活经历,而歌德刚进入宫廷,尽管他的头脑中充满智慧,

夏绿蒂画像

但仍需要施泰因夫人的指导和支持。可以说,歌德在魏玛的头10年,施泰因夫人成了歌德事业和生活的顾问。

施泰因夫人天生就有一种安详、宁静的气质,她能将爱慕她的歌德吸引在自己的身边又能与之保持纯洁的友谊。在1776年2月,歌德曾如此自白道:"施泰因夫人的心地是善良而伟大的,如此地形容她是最恰当不过了,我深深地被她所吸引,迷失在她美丽的心中。"(见梁实秋主编,《歌德——名人伟人传记全集之40》,名人出版社,57页)

施泰因夫人了解歌德的全部秉性,知道他思想的单纯和内心世界的宏大。歌德不得不这样认为:"这女性对我的意义,恰正似说明一种轮回的命运,也许前世我们正是夫妻或姐弟,而今世我们仅能成为朋友了。"(见梁实秋主编,《歌德——名人伟人传记全集之40》,名人出版社,58页)

施泰因夫人对初到魏玛工作和生活的歌德有着莫大的帮助。歌德写了这样一首充满思念又奇妙的诗:

你了解我心性的一切,
听尽我澄清精神的轻响,
一如濒死的人看透一切;
你一瞥即读悉我的心思,
在我滚沸的血中滴入一剂镇静,
狂乱的迷惑,
在你安琪尔的臂里,
受创的心得以憩息;
你一如魔法的轻轻拥抱,

给予无尽美丽的幻想。

满怀感激俯于你的足边，
还有什么比这时刻更幸福！
陪伴你，感觉自己心脏的脉动，
看你明媚的眸子，
世界顿然清朗亮丽。

（见梁实秋主编，《歌德——名人伟人传记全集之40》，名人出版社，60-61页）

但是，随着岁月的流逝，歌德终于发现他的天才被庸俗的事务埋没了，他的文学创作几乎停滞。他认识到诗人和政治家的不可并存。宫廷中人们的虚伪和角斗也使他感到了厌恶，他还要经常花费时间去调解公爵与他夫人之间的纷争，歌德陷入了苦闷之中。

为了摆脱这种境地，歌德向公爵请长假去意大利旅行。幸蒙恩准，并得到旅游经费。

1786年9月3日凌晨3时，歌德化名菲利普·米勒，乘一辆马车悄悄离开魏玛，到他心驰神往的意大利旅行去了。

在歌德离开魏玛的这段日子，很多曾经共事的同僚们的态度都有了变化，施泰因夫人也没有免俗，她烧掉了歌德写给她的信件。他们的关系也疏远了。

2. 意大利之行

歌德扮成商人，坐着马车，一路向南。1786年9月6日，歌德到达慕尼黑，这是通往南欧的大门。9月8日晚，他翻过奥地利的布伦纳山口，踏上了意大利国土。

游览意大利是歌德多年的夙愿。他的天性是崇拜伟大、壮观和自然的，是醉心于古典艺术的。意大利的阳光驱散了歌德在魏玛宫廷中的烦恼，意大利美丽优雅的边境小镇让歌德的心情无比放松。他就像一个虔诚的信徒，为了心中的信念，四海为家，无比快乐。他要实地去看去理解那些艺术品，他要按事物本来的面目去认识客观世界。

维罗纳城

9月17日，歌德在维罗纳城参观了几座画廊。古典艺术的魅力，令他深深叹服。在帕多瓦的隐士教堂，他欣赏了15世纪帕多瓦画派大师曼特尼亚的油画以及威尼斯画派大师提香的作品。

曼特尼亚为维罗纳城的圣齐诺教堂制作了一套重要的祭坛画。这套三联祭坛画中间的一幅就是《圣母子升座和圣徒们》。该画镶在雕刻华丽的涂金木龛中，它的拱形山墙由4根科林斯柱式的柱子支撑。中央的圣母坐在古典式的大理石座上，她的头后有一个很大的石轮，有一种神圣光环的感觉。两旁的镶板上站着8位圣徒，有的在沉思，有的

《圣母子升座和圣徒们》

在谈话。这幅祭坛画,以其辉煌的金色、鲜明的造型开创了北意大利栩栩如生的祭坛画之先河,对16世纪的绘画产生了深远的影响。

从这些精致的画里,歌德感到了一种强烈的现实感,感受到了健壮的、纯粹的、光明的生活。歌德绘画的天性,在此时被激发出来,他激动不已,决定不负此行,要在绘画上有所成就。

威尼斯,水上岛城

9月28日,歌德来到了闻名世界的水城威尼斯。他异常兴奋地写道:"我终于遵从命运的安排,第一次见到了威尼斯。船从布伦塔河河口驶入了浅海区,再过一会儿,我就将登上这座奇妙的岛城,访问这个海狸共和国。如此一来,感谢上帝,威尼斯之于我就不再仅仅是个词儿,不再是个空洞的名字,而我呢,生来就痛恨听空话,因此常常对威尼斯这个名字避之唯恐不及。"(见杨武能译著,《漫游者的夜歌:杨武能译文自选集》,中译出版社,2022年版,60页)

歌德在威尼斯停留了两个星期,下榻在环境舒适的"英国女王饭店",窗前面是一条夹在高楼间的小运河,不远处是圣马可广场。在这熙熙攘攘的人群中,他体会着这渴望已久的孤寂感,他有了自由的心情。他乘坐著名的"贡多拉"浏览了这座水城。教堂、戏院、雕塑无一不引起他的感慨,特别是看到威尼斯的城徽飞狮、圣马可广场和圣马可教堂,歌德被这座历史名城的厚重史实所打动,对圣马可的功绩由衷地赞叹。他还参加天主教大弥撒,旁听案件的公开审理,了解了当地的风土人情。威尼斯这个集自然美和创造美的城市深深地印在了歌德的脑海中。

接着歌德游历了佛罗伦萨等地,最后直奔罗马。

罗马，艺术之都

10月29日，歌德在万圣节前两天到达了他朝思暮想、久久向往的"永恒之城"罗马。他在《意大利游记》中记叙了他到达罗马时的激动心情，他写道："啊！我终于到达了这个世界的大都市。""现在我到了这里，总算一块石头落了地，似乎可以慰我平生了。因为这大概可以说关系到我新的生命。"（见徐鲁著，《霜叶丹青》，武汉大学出版社，2016年版，217页）

歌德在这里找到了他青年时代的种种梦想，想起了他的父亲将罗马的风景画挂在家中前厅的情景。现在，好多精美的油画、钢刻画、木雕作品、石膏像全都呈现在眼前，栩栩如生。这一切亲切而又新奇。

歌德把进入罗马的那天当作自己的第二个生日。罗马明媚的风光留住了歌德的脚步，他在罗马停留长达4个月。

意大利是一个有着古老文明和历史的国家，它的历史和文化经时间的沉淀而愈发厚重。那雄伟壮观的古罗马建筑的遗迹，耸入云天的中世纪哥特式大教堂，迸发着文艺复兴时期思想的油画和雕塑，以及当时和谐优雅的古典主义悲剧，都深深地吸引着歌德，令他赞叹不已。他在那里第一次被古代艺术纯朴典雅的风格所打动。

这时的歌德没有了政务的烦恼，也没有了宫廷的拘泥礼节

、1786年，歌德在意大利

和呆板服装的束缚，他已不再是那个神情严肃、心情抑郁的枢密大臣歌德了，而是一个默默无闻的走在异国大街上的画家菲利普·米勒。在文学上，歌德可谓功成名就；在绘画上，他始终没有达到自己渴望的高度。但是绘画对他有着莫大的诱惑力。

歌德住在德国画家约翰·海因利希·威廉·蒂施拜因的住处。歌德的生活很简朴，他要求蒂施拜因给他最普通的食品和小得不能再小的房间，只要能够睡觉和毫无干扰地进行工作就行，他只想集中精力使自己的绘画水平得到提高。每天早上9点前，他写《伊菲格涅亚在陶里斯》，然后去博物馆或者宫殿参观艺术品。歌德身上已经没有了贵族的习气，他在街头吃简单的饭菜，和大街上的人随意聊天。他私下里只同少数几位在罗马聚居的德国艺术家往来，除蒂施拜因外，有画家弗里德里希·布吕和后来在魏玛成了他的艺术顾问的瑞士人约翰·海因利希·迈耶尔，再后来还有女画家安吉莉卡·考夫曼和作家兼美学家卡尔·菲利普·莫里茨。他和当地的大人物不来往，除了艺术家谁也不接待。不过，没过多久，他的真实身份就暴露了，人们都知道了他是闻名欧洲的大作家歌德。

歌德小时候就观赏过父亲及其朋友们收藏的一些绘画作品。10岁时，酷爱绘画的法国军官托兰伯爵驻扎在歌德的家里，给歌德带来了很多接触名画和见到一些著名画家的机会。在莱比锡大学时，他曾经跟画院的院长奥赛尔先生学习绘画，阅读了艺术史家温克尔曼的美术史著作，还掌握了铜版画的蚀刻技术。现在，他把大部分时间都用在学习了解和观察上，他与画家朋友探讨名画的画法画技，欣赏古建筑遗迹和博物馆的藏画。他开始了临摹、写生的绘画生活。

在意大利期间，歌德画了上千幅画。那些山川、古迹、狂欢节场面及人物形象皆成为他绘画的素材。他还学习雕塑，成功地雕塑了一尊罗马神话人物头像，他还能鉴定各种各样的古希腊雕塑所属年代。他研究古代建筑，对古典风格的建筑物怦然心动。

（1）崇尚自然　　新古典主义思想形成

1787年2月，歌德离开罗马前往意大利南部，到了那不勒斯，登上了维苏威火山。他细心地观察火山熔岩的流动，还找到了熔岩的样品。火山下的庞贝古城，是一个木乃伊化的遗迹，他在其中默默地感受着古人的思想和美感。

1787年4月2日，歌德和那不勒斯学院教授、法国水彩画家克利斯朵夫·海因里希·克尼普一起前往西西里岛，参观了"原始植物"棕榈树，发现了植物生长及组织的秘密，认为植物进化的规律可以适用于一切具有生命的生物。这让他对荷马的《奥德赛》有了新的理解，他要写出一部荷马式的古典剧。

1787年6月，歌德从意大利南部返回罗马，在这儿他又停留了一年。他专心研究自然科学，从事绘画和文学创作，创作了剧本《伊菲格涅亚在陶里斯》和《哀格蒙特》等作品，还写了诗剧《托夸多·塔索》和《浮士德》部分章节。

一年来，歌德研究了希腊、罗马的古典艺术，接受了温克尔曼的艺术观点，形成了新古典主义文艺思想。在和煦的阳光下，歌德重读《荷马史诗》，观赏文物古迹，专心研究古代艺术。他得出一条结论：艺术应当挖掘人的内心世界，从那里寻找人类的美、善和正义的理想。由此，他逐渐形成了以"完美人性"去教育人、去改变现实的观点。这些观点体现在他的创作作品中。

（2）历史剧《哀格蒙特》《伊菲格涅亚在陶里斯》

在意大利，歌德完成了两个剧本《哀格蒙特》和《伊菲格涅亚在陶里斯》。这两个剧本和后来回魏玛后写就的《托夸多·塔索》起先都是用的散文体，但在最后定本时《伊菲格涅亚在陶里斯》和《托夸多·塔索》改成了无韵诗体，从中也能看出歌德这时的古典主义倾向。

《哀格蒙特》

歌德于1775年开始写作历史剧《哀格蒙特》，1787年9月初在罗马定稿，写了12年。当歌德完成这部一再拖延的作品时，心情是激动的。9月5日清晨，他在给朋友的信中表达了自己的心情，说这是一个节日的清晨，因为今天《哀格蒙特》算是真正写完了。

《哀格蒙特》被收录在《歌德著作集》第五卷，于1788年复活节时出版。

《哀格蒙特》描写的是16世纪尼德兰人民为了争取宗教信仰自由、反抗西班牙的侵略而发生的暴动和起义。哀格蒙特（1522—1568）是一个历史人物，他是尼德兰的一个贵族，是尼德兰民族利益的一个代表。在剧中，他同情人民，反对外来侵略者；他襟怀坦荡、豪侠尚义、武艺精通，是深受民众爱戴的抗暴民族英雄。同时，他身为贵族，又害怕暴力革命，极力主张妥协退让，幻想用合法的手段争取自由。他过分相信统治者，认为统治者不可能做卑劣的事情。他告诫群众，好好在家守着，不要在街上聚众滋事，由此导致了这位自由战士的悲剧。他最终掉进敌人的圈套，被西班牙总督阿尔巴公爵杀害。哀格蒙特的妻子克蕾尔欣在丈夫被捕后曾呼吁市民起义，想把丈夫救出来，但起义没有成功，她最终服毒自杀了。哀格蒙特和葛兹一样，虽然具有人道主义思想，渴望自由，但却把斗争的目的放在建立一个"开明君主制"的王朝上。他的立场不是站在人民一边，而是摇摆于人民与统治者之间，最后只能在妥协中归于灭亡。剧中还有一个人物奥兰斯基，他是哀格蒙特的朋友，主张积极斗争，反对哀格蒙特的妥协态度。但是歌德的立场却明显地倾向于哀格蒙特。这种创作思想上的偏袒，说明魏玛宫廷的政治生活主导了歌德世界观中的妥协倾向。由于这个剧本的写作开始于1775年，主人公哀格蒙特壮烈牺牲的结局表明作品仍然具有"狂飙突进运动"时代的叛逆精神，也反映出诗人日渐加深的人道主义思想。因此，《哀格蒙特》可以说是《葛兹·冯·伯利欣根》的姊妹篇。

《伊菲格涅亚在陶里斯》

早在1779年2月3日，卡尔·奥古斯特公爵的夫人生了一个女孩，按惯例宫廷要有一场庆祝活动。公爵委托歌德创作剧本。2月14日，歌德开始写作《伊菲格涅亚在陶里斯》，当时使用的是散文形式。3月28日完成。实际上，这个剧本在1776年就开始构思了。1786年，歌德在意大利旅行期间又将其改写成五步抑扬格诗剧，到1787年1月13日才定稿，并把它寄回了德国。6月，剧本被收录在《歌德著作集》第三卷。1788年6月，该剧本在《歌德著作集》第三卷中发表。

《伊菲格涅亚在陶里斯》这个剧本取材于古希腊神话故事。古希腊悲剧家欧里庇得斯曾以这个故事为素材写过一个剧本《伊菲格涅亚在陶洛人里》，但歌德的《伊菲格涅亚在陶里斯》在结尾处做了很大的改动，赋予了其深刻的人道主义内涵。

欧里庇得斯的剧本《伊菲格涅亚在陶洛人里》的故事情节如下：伊菲格涅亚是希腊密刻奈王阿伽门农的女儿。阿伽门农统率希腊联军远征去攻打特洛伊，在海上遇上了大风，为求神保佑全军安全，阿伽门农许愿将女儿伊菲格涅亚带到狩猎女神阿尔忒弥斯前献祭。女神可怜伊菲格涅亚，将她救了出来，并驾云将她带到陶里斯岛，让她做了岛上神庙的女祭司。阿伽门农征服了特洛伊，班师回国，发现妻子与情夫同居，竟被这对奸夫淫妇杀害。阿伽门农的儿子俄瑞斯忒斯得知后，为了给父亲报仇，杀死了母亲。俄瑞斯忒斯因此犯下了弑母的大罪，被4个复仇女神追捕。根据阿波罗神的神谕，只要他到陶里斯岛上把狩猎女神阿尔忒弥斯的神像盗出带回希腊就能摆脱复仇女神的追捕。俄瑞斯忒斯和他的一个朋友去该岛神庙盗取神像。他们一上岛就被岛上的居民捉住了。陶里斯岛上有一个惯例：凡是从海上来该岛的外邦男子，都要被送到神庙里杀死献祭。俄瑞斯忒斯和他的朋友因此也被送进了神庙。女祭司恰好是俄瑞斯忒斯的姐姐伊菲格涅亚，她不忍心看着弟弟被杀，决心要救出他们。于是，她就对国王托阿斯说，这两个罪人的手已经亵渎了神像，在祭神之前必须先让她领着罪人将神像带到海边去洗干净。国王一直很信任她，便同意了。他们到了海边，就乘船扬帆而去。这样，伊菲格涅亚救出了弟弟，并帮助他盗出了阿尔忒弥斯的神像。

这故事在歌德的剧本中，剧情和人物形象都有了改变。剧中的伊菲格涅亚是人类真善美的化身。

希腊阿伽门农国王将女儿伊菲格涅亚献祭给女神，女神将伊菲格涅亚带到陶里斯岛做女祭司。伊菲格涅亚来到这远离家乡的陶里斯岛上时，岛上还保留着原始的杀人祭神的野蛮风俗，她所接触到的也都是些没有开化的野人。伊菲格涅亚是一个品格高尚的女子，在这荒岛上，她竭力以自身为榜样来做教化工作，促使国王废除了杀人祭神的恶俗。不久，王子在一次战争中不幸战死了，岛上的居民扬言，这是废除了旧俗，触犯了神明造成的。同时，王子死后，王位的继承问题也没了着落。于是，国王便向伊菲格涅亚提出要她做自己的妻子，否则就要恢复旧俗。伊菲格涅亚对国王说，自己是女祭司，已经把自己许给神了，不能够再与凡人结婚。她还说，她的种族是有罪孽的，要是自己和国王结了婚，国王及他的国家就会受到神的惩罚。国王也没有办法，就把旧俗恢复了，让她去把刚刚捉到的两个外邦人献祭。这两个人就是来盗神像的俄瑞斯忒斯和他的朋友。俄瑞斯忒斯见到她后，将自己来岛上的原委告诉了她。伊菲格涅亚也向他说出了自己的身份和使命。俄瑞斯忒斯听了后很惊慌，认为姐姐是一定不会饶恕自己的。但伊菲格涅亚对他说，只要他能够悔过自新，她就祈祷上苍宽恕他。伊菲格涅亚去国王那里，讲出事情的全部真相。她对国王晓之以理，以坦诚高贵的人格和纯真的感情感化了这个野蛮的国王，消释了一切疑团，平息了国王心中的怒气。她再三请求国王的宽宥，国王被她的诚实正直所感动，说："好，去吧！祝你们安好！"他们三人就返回故乡去了。

在欧里庇得斯的剧本里，国王十分凶残，伊菲格涅亚是靠智慧和计谋逃出去的；在歌德的剧本中，国王虽野蛮却也有人性，在"完美人性"的化身伊菲格涅亚的感化下，终于变得"宽厚而仁慈"了。这种用"完美人性"来教育人改造社会的思想，就是当时歌德的政治主张。

剧本《伊菲格涅亚在陶里斯》是用严格的古典主义形式写就的，它与莱辛的《智者纳旦》、席勒的《唐·卡洛斯》一起被称为宣扬人道主义的作品。和《哀格蒙特》比较起来，这部作品中妥协的主题表现得更清晰了，但伊菲格涅亚最后还是离开了那野蛮的国土，这也反映了歌德在魏玛宫廷的感受以及想要悄然离去的心情。

歌德这个时期的第三部作品《托夸多·塔索》，开始创作于去意大利之前，修改于意大利旅途之中，完成于返回魏玛之后。该作品虽是在回魏玛后完成的，但在意大利时就已基本定型了。歌德在意大利期间还创作了《浮士德》中的《魔女之厨》《林窟》等部分章节和场次。

歌德还是一位画家，更准确地说，是一位有相当造诣的画家。在罗马，歌德生活在一群青年画家中间，他们互相切磋画技。在名师的指导下，他专注地学习绘画。在绘画艺术这条道路上，他执着地践行着自己少年时的理想。他的绘画作品有2700幅之多，这其中绝大多数是风景画，也包括他进行科学研究时所绘下的图画以及他对人体进行的临摹等。

歌德的天性极其活跃，求知欲非常旺盛。他探索知识的触角伸向了社会的各个领域，他利用各种方式和手段认识外部世界。他以他的智慧、勤奋，他以他的深邃目光、敏锐感觉，在不同领域里，特别是在文学创作上做出了巨大的贡献。的确，当时像歌德这样对文学艺术和科学技术的许多领域都有广泛的兴趣，并致力研究的人，还少之又少。不久，歌德便以博学多才而闻名遐迩了。

歌德在意大利旅居了1年零9个月，他的创作激情在这里复苏了。歌德不虚此行，不仅完成了两个剧本，更重要的是得到了精神方面的收获。他转变了自己的人生观、世界观和艺术观，他从"狂飙突进运动"诗人变成一个推崇古希腊、古罗马艺术的完美与和谐的诗人。《哀格蒙特》是歌德从"狂飙突进运动"时期的反抗走向妥协的过渡作品，《伊菲格涅亚在陶里斯》是歌德从"狂飙突进运动"

转入古典主义初期的代表作品。

歌德"革命"的锐气削弱了，但艺术更成熟了。在意大利，他写了大量的日记和信件，后来这些被整理成了《意大利游记》。

歌德没有忘记自己的身份，身为魏玛的重臣，他经常给卡尔·奥古斯特公爵写信报告行踪，一是获得假期的延续，二是继续获得宫廷的薪俸。

歌德于1788年3月17日收到了赫尔德催他回国的信。1788年4月22日，歌德不舍地离开罗马，带着他在这期间绘制的近千幅画，经由瑞士，于6月回到魏玛。

意大利之行是歌德人生旅途上重要的里程碑，是他一生中最幸福的时光。在回程途中，他完成了《托夸多·塔索》第五章最后一场。

回到魏玛的他又将以枢密顾问和诗人的身份出现在人们面前了。

3. 再回魏玛

歌德于1788年4月22日从罗马启程，6月18日抵达了阔别近两年的魏玛。从晴朗的南国回到阴沉的北国，从梦中回到现实，歌德心中的感触是很多的。在意大利时，歌德的工资由他的仆人代领并寄给歌德。为此，魏玛宫廷里的人们对歌德议论纷纷，不少人对公爵给歌德的待遇极为嫉妒和不满，歌德对此有所了解。但回国后，他切身感受到了鄙陋、险恶的工作环境和人们趋炎附势的嘴脸，感受到了包括施泰因夫人在内的魏玛宫廷官员对他归来的冷淡态度。他感觉到这儿已经不需要自己了，他日渐烦闷与孤独，陷入了深深的苦恼中。

奥古斯特给了歌德充分的自由和信任，保留了歌德枢密院成员

魏玛歌德故居

的身份，让他担任艺术与科学事务总监，致力文艺创作和科学研究，主管高校、剧院、图书馆和科学研究机构。

歌德脱下了政治家的外衣，决心将魏玛变成第二个佛罗伦萨。他聘请了在罗马结识的瑞士画家约翰·海因利希·迈耶尔来魏玛做他的艺术顾问，他与德国作家兼美学家卡尔·菲利普·莫里茨一起探讨关于艺术之自主性思想，他起用了一批对艺术有崇高追求和美学理想的新人为耶拿大学教授。在歌德的朋友圈子中，有学者、画家、自然科学家，他们云集耶拿大学，整个大学的学术氛围和艺术风貌有了极大的改观。

歌德自己也在进行科学研究，他对色彩学、光学、骨学、矿物学、植物学的研究成了他日常活动的重要内容。这阶段，他对自然科学的兴趣已经胜过了文学。1790年，歌德出版了他的植物学研究成果《试论植物蜕变》。

1790年3月到6月间，歌德再度去威尼斯旅行，写就了103首的《威尼斯警句》。

1791年，歌德和耶拿大学的一些教授一起开办了魏玛宫廷剧院，他当经理，从此他领导魏玛宫廷剧院长达26年之久。

（1）走进婚姻

伊尔姆河畔公园位于魏玛老城边上，沿伊尔姆河长约千米，直到贝尔迪亚宫和提尔福特宫。公园占地面积达 48 公顷，是一个充满古典和后古典主义、罗马主义风格特色的公园，园内一处一景，处处充满着诗情画意。

1788 年 7 月 12 日，歌德在伊尔姆河畔公园散步，迎面走来一个长着栗色鬈发的少女。这个姑娘看上去 20 岁左右，身穿一件很普通的连衣裙，光滑的皮肤、红润的脸庞透露出青春的活力。姑娘向他提交一份她哥哥的工作申请书，请求作家帮忙。

这个少女的名字叫克里斯蒂安娜·符尔皮乌斯（1765—1816），23 岁，是绢花厂的女工。

已进入人生第 39 个年头的歌德，遇见了出身低微但容貌十分动人的年轻热情的姑娘，一见钟情。他不仅答应了姑娘为她哥哥的请求，而且，很快就和姑娘在他的花园别墅同居了。

克里斯蒂安娜没有多少文化，但她极为聪明，她能感到自己的美貌和青春气息吸引了这个衣冠楚楚的宫廷要员。此后的日子，姑娘的单纯和活力陪伴歌德度过了刚回魏玛的那一段难熬的岁月。因为有了克里斯蒂安娜，歌德的心得到了慰藉。

歌德怜爱地称克里斯蒂安娜是一朵"小野花"。这朵"小野花"虽遭到上流社会的白眼，但却深得歌德的心。她是一个热情的、善解人意的女人，能满足歌德的欲求。她喜欢跳舞和郊游，也常去看戏，这都与歌德的天性合拍。她深知，自己的出身门第和文化水平与歌德不平等。因此，她安心做一名家庭妇女、

歌德妻子画像（歌德绘）

克里斯蒂安娜与儿子奥古斯特在花园中

贤妻良母。而歌德此时已功成名就,他不希求妻子在事业上帮助他,而是需要一位贤内助。

歌德和克里斯蒂安娜在结合后的第二年圣诞节喜得贵子。卡尔·奥古斯特公爵做了孩子的教父,孩子取名奥古斯特。

歌德中年得子,心情自然激动。后来,克里斯蒂安娜又生了4个孩子,不幸的是,这4个孩子都夭折了。歌德对长子奥古斯特倍加珍惜,他的心有了牵挂,家成了歌德最温暖的地方。

1806年10月19日,歌德与克里斯蒂安娜才正式结婚。克里斯蒂安娜从未给歌德的思想以任何影响,她默默地陪伴在歌德的身边,她的勤勉体贴,使歌德得到了家庭的温暖。

1816年6月6日,克里斯蒂安娜病逝,歌德心中无比悲哀。他念诵着在妻子病重时他写下的《春满四时》,用诗句告慰妻子的亡灵。

然而在园中
开得最茂盛的,
是我爱人那
可爱的心花。
它热烈的目光
永远关注着我,
激起我的诗情,

使我词顺意达。

这永远开放的

心灵之花啊,

它严肃时亲切,

它嬉戏时纯洁。

即使夏天带来

百合和蔷薇,

它仍然没法

和我的爱人媲美。

(见歌德著,杨武能译,《歌德抒情诗选萃》,四川人民出版社,2009年版,160-161页)

这段婚姻,歌德给了克里斯蒂安娜爱情、光荣和富足,改变了她的人生轨迹,而克里斯蒂安娜给了歌德自己的青春和对他无微不至的照顾。可惜她1816年就去世了,给歌德留下一个儿子和许多悲哀。

(2) 骨中之骨　肉中之肉: 诗剧《托夸多·塔索》

诗剧《托夸多·塔索》是歌德重返魏玛后完成的一部作品。它取材于文艺复兴时期意大利诗人塔索的故事。

塔索(1544—1595)是意大利文艺复兴后期的著名诗人,他曾受到费拉拉公爵阿方索二世的赏识,在费拉拉宫廷中服务多年,在那里创作了许多作品,他的叙事史诗《被解放的耶路撒冷》闪烁着意大利文艺复兴时期最后的光芒。但宫廷生活却使他感到苦闷,他不善于交际,得罪了一些人,心情苦闷、抑郁,据说还爱上了费拉拉公爵的妹妹，被关进疯人院达7年之久，他的精神因此错乱了。1594年，他来到罗马，教皇封他为桂冠诗人，但在准备加冕时他结束了自己的生命。

歌德刚来魏玛的时候，就有了创作《托夸多·塔索》的念头。1780年秋，他写了两幕。他去意大利时带着这份草稿，只是没有时间完成。他在费拉拉城寻访过塔索被监禁处的遗址，又在罗马参观了圣俄诺弗里俄修道院里的塔索墓，还搜集到新的传记和材料。因此，他决定放弃草稿，另起炉灶。歌德回到魏玛后，就开始了这项工作，他把自己与塔索做了对比，心境的相通使他用了大量的精力来写剧本《托夸多·塔索》，终于在1789年完成了诗剧《托夸多·塔索》的创作。

歌德剧本中的塔索热情直率，是一个有着艺术才能的诗人。他爱上了费拉拉公爵的妹妹丽娥罗娜公主，这为朝廷的等级偏见所不容。1575年4月，在费拉拉公爵的夏宫，塔索把他刚写好的史诗《被解放的耶路撒冷》献给公爵。公主亲自编好月桂给他戴在头上。这时，宫廷首相安东尼阿正好从罗马回来，看到塔索得此桂冠诗人殊荣，心怀嫉妒。塔索与安东尼阿的冲突是戏剧矛盾的中心。安东尼阿老奸巨猾，他看不起塔索，就利用诗人容易冲动的性情特点多方嘲弄塔索，逼得塔索几乎发狂。有一次，安东尼阿故意对他示威，塔索气愤至极，拔剑欲与之决斗，安东尼阿却装得神态自若，非常镇静。公爵将塔索斥退，令人将其软禁。朝廷里的人皆称赞安东尼阿而责备塔索。塔索将剑和桂冠交还公爵，公爵旋即派安东尼阿向塔索宣布赦令。公爵夫人和公主建议塔索去佛罗伦萨。塔索在告别时竟去拥抱公主，向公主表白爱意。公主大惊逃走，公爵便命人将塔索拘禁。塔索后来感到自己所要求的根本没有得到的可能，就克制住自己内心的真实情感，屈服于自己的敌人安东尼阿和封建礼教。安东尼阿成了他的保护者和拯救者。最后，他紧握着安东尼阿的手说：

> 舵盘已粉碎，船向四面摇晃；
> 我脚下的船板业已破裂，嘎嘎作响！
> 我用双手抓住你！
> 船夫终于紧紧地，
> 依附在崖石旁，
> 这崖石本要把它灭亡。

（见乐毅编著，《中外著名文学家故事 歌德》，四川少年儿童出版社，1997年版，86页）

塔索看到公爵与公主不再理会自己，深感失望，以致精神失常死去。

许多研究歌德作品的专家推论，剧中的宫廷诗人塔索对丽娥罗娜公主的爱情与歌德对施泰因夫人的眷恋相似，剧中的塔索在宫廷内与政敌安东尼阿的冲突也与歌德所处的政治环境相似，塔索就是歌德自己的写照。《托夸多·塔索》可看作是歌德这一时期带有明显自传性质的作品，歌德通过《托夸多·塔索》表达了庸俗的环境窒息了艺术天才的生命，以及自己人到中年的烦恼。法国文学批评家安培尔把《托夸多·塔索》称为"提高了的维特"。少年维特只是因为恋爱而烦恼，而中年塔索却是因为政治环境不如意在痛苦地倾诉着满腔的烦恼。

《托夸多·塔索》是歌德创作思想挣扎的最鲜明的标志。这个剧本几经更改，在长达八九年的时间里，在一再易稿的过程中，歌德将自己的思想感情注入了作品中。塔索的不幸遭遇，是歌德魏玛生活的写照。塔索由一个具有"维特式"的热情和反抗精神的人，演变为屈服者，反映出歌德这一时期的思想变化过程：由反抗趋于自我克制直至妥协。歌德说："我有塔索的生平，有我自己的生平，我把这两个奇特人物和他们的特性融会在一起，我心中就浮起塔索的形象，我又想出安东尼阿的形象作为塔索形象的散文性的对立面，这方面我也不缺乏蓝本。此外，宫廷生活和恋爱纠纷在魏玛还是和在费拉拉完全一样；关于我的描绘，可以说句真话：这部剧本是我的骨头中的一根骨头，我的肉中的一块肉。"（见爱克曼辑录，朱光潜译，《歌德谈话录》，译林出版社，2021年版，156页）

（3）法国大革命　　歌德的一棵自由树

1789年，攻陷巴士底狱的炮声响了——震撼整个欧洲的法国大革命爆发了。法国大革命的风暴席卷了整个欧洲大陆，资产阶级"自由、平等、博爱"的口号传遍了欧洲各国，德国的进步知识分子为之振奋。在德国境内，相继出现了宣传自由主义的俱乐部，象征法国大革命的"自由树"，以及许多歌颂大革命的诗文。"这是一次灿烂辉煌的日出"，黑格尔曾这样礼赞这场大革命，他认为没有这场变革，欧洲的历史将不堪设想，尽管他的住所在法军占领萨克森时，被抢劫得片纸不存。

但是，欧洲封建势力是害怕革命的，他们企图扑灭革命的烈火。欧洲各国君主与法国国王路易十六勾结，结成了反法同盟。德意志各小邦国也倾向于反法同盟，因为法国大革命引起了周边国家的不安。1791年8月27日，奥地利和普鲁士联合发表声明反对法国大革命，奥地利和普鲁士签订了军事同盟，次年4月对法作战。萨克森公国作为普鲁士的盟国，参加了对法战争。

歌德对法国国内发生的这场大革命，心情是复杂的。但作为魏玛公国的一名官员，他必然会被拖入这场史无前例的欧洲大动荡中。1792年6月，魏玛公爵率军前往德国边境助战。7月6日，奥普联军越过国境，侵入法国境内。8月，歌德作为公爵负责外交事务的随员也奔向了法国。在途经法兰克福时，歌德回家看望分别了13年的老母亲。这时，他父亲已经病故10年了。

在外来大军压境的情况下，7月10日，巴黎人民掀起了共和运动的高潮。在雅各宾派领袖的领导下，巴黎人民反对君主制运动取得了决定性的成果。8月10日，巴黎人民攻占了国王住宅，拘禁了国王和王后，打倒了波旁王朝。

为保卫大革命的胜利果实，整个法国都动员起来了，拿着武器的人们唱着《马赛曲》奔赴前线。9月20日，在瓦尔密村附近，法国军队与奥普联军展开炮战。奥普联军因补给困难被克勒曼将军率领的法国军队打败。当晚，歌德对身边的军官们说了这样一句话："从此时此地起，世界历史即将开始一个新的时代。"约半个月后，奥普联军狼狈地撤出了法国。10月，法国军队打出了国门。之后欧洲各国又组织了几次反法同盟。

歌德为此专门写了一本随军杂记《法兰西战役》。

法国大革命摧毁了封建的法国君主专制统治，建立了资产阶级社会制度，促进了法国资本主义的经济发展，传播了自由民主的进步思想。法国大革命的民主、自由、平等的人权思想，对世界历史的发展产生了深远的影响。

歌德因研究自然科学，形成了自然进化论的观点，他不承认质的飞跃和突变。他把自然进化学说运用于社会，不主张暴力，反对革命，认为人类社会变革也应通过进化来完成。虽然他对波旁王朝不寄予希望，但对法国大革命也报以消极态度，他对普鲁士和奥地利组织的联军进攻法国也不热心。当赫尔德和席勒为法国大革命欢呼和赞美时，歌德只是画了一棵自由树表示了一下心情。

1799年的雾月十八日政变后，拿破仑成为法兰西第一共和国的执政官。1804年12月，拿破仑当上了法兰西第一帝国皇帝。拿破仑是一个具有军事天才的将领，他指挥法军一次又一次击败了欧洲反法同盟，把法国革命的思想传播到他所占领的地方。

歌德对法国大革命这一伟大历史事件的态度十分矛盾。他写了几部政治剧，都是直接或间接地攻击革命，但他也认为随着法国大革命的浪潮，人类社会步入了历史的一个新时期。

（4）现代牧歌：叙事诗《赫尔曼与窦绿苔》

《赫尔曼与窦绿苔》是歌德自己最欣赏的作品之一。1825年，歌德与爱克曼谈及此事时说："《赫尔曼与窦绿苔》在我的长诗中是我至今还感到满意的唯一的一部，每次读它都不能不引起亲切的同情共鸣。"（见爱克曼辑录，朱光潜译，《歌德谈话录》，浙江教育出版社，2021年版，91页）

这首叙事诗取材于1732年出版的《善待萨尔斯堡移民的盖拉市》和1734年出版的《由萨尔斯堡大主教领地被驱逐的路德教徒移民全史》。说的是法国大革命时期，在德国莱茵河畔的一个小城市里发生的一个故事。法国军队打败普奥联军后，进驻莱茵河西岸，难民纷纷从河西岸逃到河东岸。住在河东岸的金狮旅店店主及其妻子主动救助难民，店主的儿子赫尔曼用马车载上衣物和食物去接济西岸的难民。赫尔曼错过了难民流，却遇上了一位健壮、美丽的西岸姑娘窦绿苔。窦绿苔正牵引着一辆牛车追赶难民群，车上载着她刚刚救下的一位产妇和一个新生儿。她请求赫尔曼给产妇一件衣服包裹婴儿。赫尔曼对窦绿苔的行为无比敬佩，他将车上的衣服和食物交给她，由她带到难民营。

赫尔曼回到了家，心里却爱上了窦绿苔。窦绿苔已订婚，未婚夫去法国参加大革命时不幸阵亡。这时的窦绿苔也爱上了赫尔曼。赫尔曼的父母起初不同意儿子娶一个流浪的贫穷女子，但牧师建议将女子带来看看。赫尔曼的父母一见这女子如花似玉、稳重端庄，不禁暗中欢喜，改变了初衷。由此发生了一个家境宽裕的青年与莱茵河对岸逃难过来的姑娘的爱情故事。

歌德于1794年发现了这部叙事诗的题材。1796年7月，歌德决定将其写成一部"现代的牧歌"。1796年9月6日，歌德在耶拿开始动笔写作《赫尔曼与窦绿苔》。1797年9月7日正式定稿，10月出版。

长诗描绘了战争给人民带来的灾难：整个城像一座荒坟，逃难者悲惨地四处奔走，妇女和小孩、老者和病人的现状不忍目睹。同时，作者又把德国小镇人们的朴素生活加以诗化，颂扬赫尔曼一家安分守己的恬静生活，用幸福的田园生活，反衬战争的残酷和不人道。作品从一个侧面真实地描绘出来了大革命造成的复杂的社会效应，作者力图从这面小镜子里去反映世界舞台上的伟大运动和变化，表现了德国人民团结友爱的伟大的人性。

在《赫尔曼与窦绿苔》长诗中，歌德对本民族的当代生活做了古典化的处理，赋予了难民以明快、质朴、健康的古典色彩，从而使现实生活的内容与古典的形式达到了完美的和谐统一。这首诗用原始牧歌和田园诗的形式写成，景物描绘自然、生动，融汇了风情画的韵味,体现了小市民追求恬静生活与作者本人怡然自得的情绪,有强烈的抒情性和浓郁的诗意,也表现出歌德向往田园牧歌生活的倾向,体现歌德这一时期的思想特征。

二、伟大的友谊:歌德与席勒

法国大革命后,歌德越来越孤独。这时,席勒进入了歌德的视线,他们很快成了生死之交。歌德与席勒的思想观点并不完全一致,歌德研究自然科学,注重实际;席勒研究哲学和历史,喜欢抽象思维。歌德为此曾对朋友爱克曼说:"眼见一个人自讨苦吃地将才华浪费在一些毫无用处的哲学研究方面,真是一件令人扼腕唏嘘甚至痛心疾首的事情。席勒在哲学范畴里左冲右突,这在他给威廉·洪堡的一些书信中有所反映,恰好洪堡把这些信带给我看了。在这些书信中,我看到一个一心想把素朴诗与感伤诗区别清楚的席勒,看到一个为此殚精竭虑的席勒。然后,他无法为感伤诗找到基础,这使他陷入了深深的不可名状的困惑之中。"(见爱克曼著,李华编译,《歌德谈话录》,天地出版社,2013年版,17页)

歌德和席勒,一个是现实主义者,一个是理想主义者,但他们都信奉人道主义,认为人应该是完整的、和谐的、全面发展的。他们都认为艺术是恬静的、清晰的、优雅的、和谐的,美是艺术的最高原则。他们把古希腊人看作理想的人,把古希腊艺术看作艺术的典范。在共同认知的指引下,他们各自写出了一系列重要的作品。对歌德来说,与席勒合作的近10年是他创作的第二个高峰,其中最大的收获是创作诗剧《浮士德》的第一部。

约翰·克利斯托夫·弗里德里希·冯·席勒于1759年11月10日出生在德国西南部的一个小镇马尔巴赫，他比歌德小10岁。少年席勒在符腾堡公爵卡尔·欧根办的军事学校里读书。1779年12月，歌德陪同卡尔·奥古斯特公爵去瑞士时，途经斯图加特，顺道访问了这所学校，当时席勒就站在欢迎的队列里。两年后，席勒写的剧本《强盗》，在曼海姆上演后获得极大的成功，席勒也因此一鸣惊人。又过两年，他的另一部剧作《阴谋与爱情》问世，演出轰动了整个德国剧坛。

1787年7月21日，席勒应魏玛公爵堂弟的邀请来到魏玛，当时歌德还在意大利旅行。席勒对歌德很是崇拜。次年6月，歌德回到魏玛，席勒托人转达了自己对歌德的良好祝愿，并提出渴望见到他。9月的一个星期天，歌德请了一些朋友在家中聚会，也请了席勒。两位诗人见了面，简单说了几句话。这一次见面产生的友谊非常有限。当时歌德的《哀格蒙特》正在上演，席勒看后，认为这剧否定了哀格蒙特的叛逆精神，让正义的英雄战胜不了有智谋的暴君，遂发表了一篇反对《哀格蒙特》的文章。歌德看后很是反感，认为这个年轻人把自己多年来经营的地位和名望都给搅乱了。所以，尽管当时席勒的住处与歌德的住处近在咫尺，但两人交往并不多。

席勒后来写信给寇尔纳谈到这次会见时对歌德的印象："他给我留下的第一个印象大大地冲淡了人们灌输给我的有关这位迷人而又漂亮的人物的那些拔高了的看法。歌德中等身材，步态和动作都显得拘泥，面孔看上去也挺古板。只是那双眼睛却显得非常灵活、非常富于表情。看着它们，会让人们感到非常和善……我们很快就熟悉了，没有任何一点拘束。周围的人实在太多，所有的人因为都想和他亲近而相互妒嫉，结果弄得我没能够长时间和他单独在一起，谈话所涉及的也只是一些最一般性的题目……我觉得，他已经远远地离开了我，我们已经注定不会再在途中相遇……他所生活于其中的那个世界不是属于我的，他对周围一切的看法明显地和我存在着本质性的区别……"（见艾米尔·路德维希著，甘木等译，《歌德传》，天津人民出版社，1982年版，308-309页）

席勒在魏玛没有工作，一直靠写稿得到的稿费度日。他去找歌德帮忙，歌德为席勒在耶拿大学谋得了史学教授的职位。对席勒来说，这一职位的获得是十分重要的。在此之前，席勒的生活一直没有保障，有时还有负债入狱的危险。稳定的收入使席勒有了成家的可能，他在1790年结了婚。

1794年5月，歌德到耶拿大学听一个科学演讲。会后，他与席勒同路，席勒对演讲人割裂自然的研究方法很不赞同，歌德也有同感，两人便畅谈起来。到了席勒家门口，话还未尽，他们索性走进席勒家中又谈了一会儿。在这一次坦诚相见之后，他们成了一个磁石的两极，虽然异质，但相互吸引，而不是相互排斥。歌德承认"席勒的吸引力是巨大的，他把所有向他靠近的人都抓住不放"。（见歌德著，陈宗显译，《歌德散文选》，百花文艺出版社，1995年版，223页）一个星期后，他们在耶拿大学再次长谈，不过这次谈的是艺术理论问题，他们发现，两人虽然观点有所不同，但主要思想却是惊人的一致。

这一年，席勒给歌德写信邀请他合办繁荣民族文化的刊物，歌德立即回信。从此他们开始了文学创作上的合作。

8月23日，席勒写了一封评价歌德创作道路的长信给歌德。这封信剖析了歌德的思想和性格，也剖析了自己的思想和创作风格。歌德看过信后非常高兴，因为席勒透彻地分析了歌德的特点以及他与歌德之间的异与同。席勒在信中指出，天才的创作出于他的天性，而不是他的自觉。歌德感到席勒的分析鞭辟入里，还从来没有一个人对自己做出过如此正确的评价。他非常钦佩席勒的洞察力。

歌德在1794年8月27日的复信中说："在这个星期我过生日的时候，我所收到的礼物没有比你的来信更令人愉快的了。你以友谊的手总结了我的生活，你的同情鼓励我更加勤奋地运用我的全部才力。"并且表示"从我们那次意外的会晤之后，我们似乎可以终身共同前进了"。（见朱雯，王捷选编，《外国名作家书信精选》，中国青年出版社，1994年版，123页）席勒也在1794年8月31日的复信中说出了同样的话："像我们两人所走的那样不同的道路，不过早，而恰恰是现在相聚到一块儿，这是有益处的。但我现在希望，我们能共同走向我们尚未走完的路，因为一个长途旅行中最后的伴侣是最能够互倾衷曲的，我们将会获益更多。"（见朱雯，王捷选编，《外国名作家书信精选》，中国青年出版社，1994年版，127页）

魏玛缪斯庭——席勒在帖福特宫廷朗读
（特欧巴尔德·莱恩侯尔德·冯·欧尔作）

歌德是个天才的感性诗人，而席勒则是善于推理的思想家；一个侧重于浪漫主义，一个倾向于现实主义；一个重主观，一个重客观。事实正如他们所愿，两位巨人在求同存异中开始了伟大的、有价值的文学创作。

歌德和席勒共同创办杂志《时代女神》（1795），宣传文学主张，用古典美来教育感化人民，以达到实现理想社会的目的。他们两人合写犀利的讽刺短诗《赠词》。《赠词》达400余首，以警句、格言等形式抨击庸俗鄙陋的现实，对社会上的市侩习气和文艺界的恶俗风气大加针砭，以提升国民的精神追求。

歌德和席勒共同走过了近10年的创作道路。其间，席勒写了一系列美学著作，完成了《华伦斯坦三部曲》《奥尔良的姑娘》《威廉·退尔》等剧本。歌德也写出了长篇小说《威廉·麦斯特的学习时代》、诗剧《浮士德》第一部、叙事诗《赫尔曼与窦绿苔》。其中《赫尔曼与窦绿苔》（1797）是歌德与席勒结交后写就的具有重大意义的作品，席勒盛赞这部叙事诗是整个当代艺术的最高峰。

从1794年到1805年，歌德在与席勒合作的近10年间，其文学创作被认为是"德国古典文学"创作。这段时间在德国文学史上被称为古典主义时期。

歌德与席勒的密切合作，使小小的魏玛成为当时德国古典主义文学运动的中心。但在这时候，席勒患了肺病，他身体虚弱，几经卧床，生活上也不宽裕，窘困的情况一再出现。席勒坚持着写完了《威廉·退尔》，病更重了。1804年夏天，席勒曾写信给寇尔纳，说希望自己能活到50岁。但是天不遂人愿，随着寒冬的到来，他的病情日趋严重。1805年4月30日晚，歌德去席勒家看望他。席勒要去剧院，歌德劝阻未成，便带着忧虑的心情，在席勒家门口告别。

谁知这一别竟成永诀。

1805年5月9日下午3时，席勒的心脏停止了跳动，穷困和劳累终于夺去了席勒的生命。这时，歌德正患重病，没有人敢把噩耗告诉他，但他从周围人的脸上看出了一切，便问克里斯蒂安娜："席勒昨天病得很厉害，对吗？"她没有回答。歌德斩钉截铁地问道："他死了？"她答道："您自己已经说出来了！"歌德再次说："他死了。"老人用手捂住脸，泪水顺着手流了下来，他的精神陷入了空虚的状态，整个人仿佛迷失了。

3个星期之后，歌德写信给朋友道："我失去了一个朋友，我自己也等于死了一半。"（见梁实秋主编，《歌德——名人伟人传记全集之40》，名人出版社，92页）

8月，歌德的病情稍好一些，他提笔写下了最沉痛的悼念席勒的诗文。

歌德病愈之后，于当年8月10日在巴特劳赫施泰特举行的席勒追悼会上，朗诵了他为席勒的《大钟歌》作的跋。该诗于1815年最后定稿，也就是席勒逝世十周年，补充的最后一段如下：

> 他就这样，离开我们去了！
> 就在好多年前，已经有10年。
> 我们大家都感到获益不少，
> 世人感激他赐予的一切教言；
> 那些只属于他自己的思考，
> 早已在全体之中扩展蔓延。
> 他照耀我们，就像消逝的彗星，
> 以自己的光结合永久的光明。

(见歌德著，钱春绮译，《歌德诗集》（下），上海译文出版社，1982年版，127-128页）

歌德为席勒的剧作提供了演出的舞台，席勒也给歌德的作品提供了发表的机会。两位大师的合作是"诚挚和友爱的结合"，在文学史上写下了一段亲密合作的佳话。歌德在晚年时曾说："席勒的性格和气质与我完全相反，我同他一起生活了好些年，我们相互的影响达到这种程度，就在我们意见不一致的时候，也互相了解。然后每人都坚持自己的人格，一直到我们又共同为某种思想和行动而联合起来。"（见董问樵著，《席勒》，复旦大学出版社，1984年版，第53页）

歌德于1828—1829年编印了他同席勒的通信集，共收录了1050封信。这本通信集反映了他们两人各自的世界观和人生观，成为体现他们诚挚友谊的一面镜子，照亮了他们生活的时代。

如今，在魏玛宫廷剧院门前，矗立着并肩而立的歌德和席勒的塑像，它已经成为魏玛的城市标志。歌德与席勒是屹立在魏玛的两座高峰，也是矗立在德国文学史上的两座丰碑。德国文学因此大放异彩，魏玛也因此声名远播。

从1794年歌德与席勒正式交往开始，德国文学进入了以歌德和席勒的友谊为特征的德国古典主义文学全盛

歌德和席勒的塑像

时期。

1828年12月16日，歌德对爱克曼说："像席勒和我这样两个朋友，多年结合在一起，兴趣相同，朝夕晤谈，互相切磋，互相影响，两人如同一人，所以关于某些个别思想，很难说其中哪些是他的，哪些是我的。有许多诗句是咱俩在一起合作的，有时意思是我想出的，而诗是他写的，有时情况正相反，有时他作头一句，我作第二句，这里怎么能有你我之分呢？"（见爱克曼辑录，朱光潜译，《歌德谈话录》，译林出版社，2021年版，189页）这表明了歌德与席勒之间的真挚友谊和他们共同为德国文学艺术做出的贡献。

歌德－席勒档案馆

在魏玛城东伊尔姆河畔的高坡上，坐落着一座歌德－席勒档案馆，它是德国最古老的文学档案馆。

1885年，歌德最后一个孙子去世，歌德的手稿转到了魏玛女大公索芬手中，她立刻建立起歌德档案馆，保存这些珍贵的遗物。4年后，该馆又收藏了席勒所遗的手稿，因此改名为歌德－席勒档案馆。就是这家档案馆，于1887年至1919年间，编撰出版了143卷的《歌德全集》，这是歌德著作最全的一套，称魏玛版，为人类留下了宝贵的精神财富。

第三部分 ｜ 生活本真的思考

未曾哭过长夜的人，不足以语人生。

一、晚年创作：创作高峰期（1805—1832）

代表作品：

长篇小说有《亲和力》（1809）

《威廉·麦斯特的漫游时代》（1829）

诗集有《西东诗集》（1819）

《中德四季晨昏杂咏》（1830）

叙事诗剧有《浮士德》第二部（1832）

自传性作品有《诗与真》（1830）

《意大利游记》第三部（1829）

这个时期的作品主旨转向对人与世界、灵与肉、成与毁等生活本质的思考。

1. 两位巨人之间：歌德与拿破仑

席勒逝世以后的10年间，是拿破仑占领德国和德国人民反抗拿破仑统治时期。这期间，歌德的创作处于低潮。

1805年4月，英国和俄国秘密签订了反法同盟条约，8月，奥地利秘密加入英俄阵营，第三次反法同盟成立。12月2日，俄奥联军在与拿破仑军队在奥斯特里茨进行的战役中战败，之后，奥地利退出战争并与法国缔约，第三次反法同盟解体。

1806年7月12日，拿破仑把德国西部和南部16个中、小德意志邦国组成莱茵联邦。联邦中的各邦均宣布脱离神圣罗马帝国，支持拿破仑。1806年8月6日，奥地利皇帝弗朗茨二世根据拿破仑的要求，解散了神圣罗马帝国，宣布放弃神圣罗马帝国皇帝的称号。从此，始建于公元962年的神圣罗马帝国"寿终正寝"。拿破仑的势力延伸到了易北河。他摧毁统治区的封建制度，建立新的行政机构、法律制度、社会生活和经济体制。原有的人身关系、等级制度、贵族和僧侣的特权被取消，宣扬资产阶级的自由、平等和博爱。这自然受到了被压迫民众的欢迎，同时也刺激了被占领地区人民的民族感情，许多德国作家，如寇尔纳、莫里茨、艾辛多夫等都参加了反对拿破仑的战争。

拿破仑建立的依附于法国的莱茵联邦，威胁到了普鲁士的利益。1806年9月，普鲁士与英国、俄国等组成了第四次反法同盟。

1806年10月1日，普鲁士对法国宣战。14日，在普鲁士对法国的耶拿－奥厄施塔特战役中，普鲁士军队被轻而易举地彻底击溃。作为普鲁士将军的奥古斯特逃之夭夭，不知去向。

法军轻易就占领了这座没有设防的城市魏玛。拿破仑来到魏玛，下榻在皇宫里。16日，他接见枢密院人员，只见到了枢密顾问沃伊克特和沃尔措根。歌德借口身体不适，未参加谒见。拿破仑看奥古斯特公爵不在，只有公爵夫人路易斯留守魏玛，大怒，扬言要消灭魏玛公国。多亏公爵夫人多方周旋，解释说她丈夫因系普鲁士国王姻亲，不得不

法兰西帝国皇帝拿破仑

尽义务参战，请求拿破仑的理解和宽恕，加之俄国沙皇说情，拿破仑这才息怒。他提出的条件是：卡尔·奥古斯特不得参加普鲁士军务，公国要向法国缴纳高达22万法郎的军费。

为了保全萨克森-魏玛-艾森纳赫的领土不被并入法国，1806年12月15日，魏玛公国与法国在波森缔结和约，魏玛公国加入了莱茵联邦。

当时，几乎整个欧洲大陆都掌握在拿破仑手里，德意志更是拜倒在拿破仑脚下，诸小国的君主甚至以能吻一下法国皇帝的手为荣幸。

像黑格尔和后来的海涅一样，歌德始终没有给拿破仑的名字加上"伟大的"这个形容词，但他仍要算在那些推崇拿破仑的人物之列。拿破仑也很尊崇歌德。

1808年9月，拿破仑来到离魏玛不远的埃尔福特城，与俄国皇帝亚历山大举行会谈。10月2日，歌德陪公爵来到埃尔福特，拿破仑抽空召见了歌德，歌德走进了拿破仑的行宫。拿破仑坐在大圆桌前进早餐，他示意歌德坐下。于是，两人开始了平等而自如的交谈。拿破仑说自己读了7遍《少年维特之烦恼》，并加以称赞。但是，拿破仑认为维特自杀的动机不仅出于无望的爱情，而且出于他病态的虚荣心受到的伤害。拿破仑

拿破仑召见歌德

的称赞，使歌德很高兴并显出愉快的神情，他表示接受拿破仑的意见。

会见持续了一个多小时，拿破仑的接见自始至终是亲切的。目睹过拿破仑对普鲁士国王弗里德里希·威廉三世鄙夷态度的人，一定知道歌德在这个跺一下脚就能使欧洲大陆发抖的人的心目中还是有地位的。

1808年10月7日，拿破仑来到魏玛，并带来了巴黎剧团。在魏玛剧院里，巴黎剧团演出了伏尔泰的剧本《恺撒之死》，歌德受邀观看演出。演出结束后，拿破仑与歌德就悲剧的艺术问题进行了讨论。最后，拿破仑邀请歌德访问巴黎，并希望他写关于恺撒之死的作品。

10月14日，拿破仑离开魏玛之前送给歌德一件礼物：法国荣誉勋章。歌德自然明白拿破仑的意图，恺撒是拿破仑的偶像，歌颂恺撒无异于歌颂拿破仑的丰功伟绩。歌德委婉拒绝了写作剧本一事。

1812年，远征俄国的拿破仑大军被严寒和库图佐夫将军击败，拿破仑秘密离开俄国，途径魏玛时派人向歌德问好；1813年，拿破仑回到埃尔福特指挥对俄国和普鲁士军队战斗时，不忘向世人表明对歌德的敬意。1813年，德国进入了反拿破仑的民族解放战争时期，此时的德国，仿佛除了歌德之外，所有的人都卷入了爱国战争的洪流中。1813年10月16日至19日，莱比锡会战上，迎来了普鲁士、奥地利、俄国的决定性胜利。拿破仑的"莱茵联邦"解体。1814年4月6日，拿破仑被迫退位，波旁王朝的路易十八成为法国国王。4月20日，拿破仑被流放到厄尔巴岛。

这以后，歌德对拿破仑并不十分关注，他对拿破仑入侵以及反拿破仑的民族解放战争的态度充满矛盾。他对四分五裂的德国政治现实感到痛苦，他爱的是整个德意志民族和整个德国，而拿破仑从客观上起到了摧毁封建势力的作用。但是拿破仑的军队侵占了德国，也没有给德国人民带来自由。

歌德在这期间比较沉寂，由此引来了一些议论和指责。

爱克曼在1830年3月14日与歌德的一次谈话中提起这段往事，他说："有人指责您当时没有参加反对拿破仑的民族解放战争，至少没有以诗人的身份参加。"

歌德回答道："事实上我对法国人是并无恨意的，尽管德国从法国人手中独立时，我也曾感谢上帝。但我眼里只有文化和野蛮，法国是世界上极有教养的民族之一，我大部分的文化教养无不受之于法国。既然如此，我如何恨这个民族？一个心中毫无恨意的人，又让他如何写仇恨的诗歌？"（见爱克曼著，李华编译，《歌德谈话录》，天地出版社，2013年版，204页）

可见，歌德对这场战争的认识，是基于文化和民族的角度，是站在一个公正的历史角度注视人类的角逐和战争的。

2. "至少要读三遍"的《亲和力》

1809年，歌德完成了长篇小说《亲和力》。《亲和力》讲的是一个最初被阻挠、继而又自行破裂的爱情悲剧故事。

年轻时的爱德华男爵和夏绿蒂相恋，由于受到旧势力的阻挠，他们没能走到一起，而是各自与年长富有的人结婚，后来两个人的那一方都先后去世了，两人才结成夫妻，搬到了一个远离家乡的田庄。

不久，爱德华的好朋友、刚从军队退职的上尉奥托和夏绿蒂的侄女奥蒂莉先后应邀来到了田庄。四人在一起，发生了不可思议的事情：夏绿蒂爱上了丈夫的朋友上尉奥托，爱德华爱上了妻子的侄女奥蒂莉。夏绿蒂和爱德华都坠入了新的情网。夏绿蒂有着深深的世俗观念，她克制着自己的情感，不想退出婚姻另结良缘，上尉也克制着自己离开了田庄。而爱德华和奥蒂莉却被强大的爱的力量战胜了。夏绿蒂为了维持婚姻，让奥蒂莉离开田庄。爱德华为了能留住奥蒂莉主动离开了家，并写了一封信，要夏绿蒂善待奥蒂莉。夏绿蒂怀孕了，她希望丈夫爱德华回到身边。爱德华听到这个消息却绝望了，他留下遗嘱奔赴了战场。爱德华想要英勇赴死却凯旋。当他从奥托的口中得知夏绿蒂曾想将奥蒂莉嫁给他的消息时，他立刻与奥托返回庄园。奥蒂莉见到爱德华非常激动，以至于不慎失手，导致夏绿蒂和爱德华的孩子落水溺死。孩子的死一下子改变了局势，夏绿蒂把这看作是与爱德华分手的不可抗拒的命运预兆。而奥蒂莉因强烈的罪孽感，发誓不嫁给爱德华，但又无法放弃自己的爱情。她把自己判了罪，不说一句话，拒绝饮食致死。爱德华不堪忍受如此的境遇，也悲伤憔悴而死。

　　爱德华的尸体与奥蒂莉的尸体葬在一起，两人都是抑郁而死；而女主人夏绿蒂与奥托相爱，却理智地克制着自己，不幸地活着。

　　《亲和力》以化学领域的一个概念为题，象征性地描述了社会关系中的种种形态和矛盾，表达了人并不像化学元素那样都能找到与之有亲和作用的伴侣。靠催化剂才能结合在一起的元素，是不具有亲和力的。而从原来的结合体中分离出来的人会很孤独，还要接受伦理和客观因素等的制约。小说的内涵丰富深刻，它批判了资产阶级的婚姻制度，探讨了人生的局限，在恋爱婚姻问题上有着宿命论色彩。

书名意在强调婚姻与爱情的矛盾和由此造成的无法避免的悲剧。作者肯定和颂扬了爱德华那种既藐视当时的婚姻制度也敢于抗拒命运的人。作品运用冷静的叙述、描写和理性的思辨，从婚姻是一切文化的开端和顶点的观点出发，通过表现当时资产阶级社会道德与情感冲突造成的婚姻危机，反映了世纪交替时期德国社会文化的变化。小说在情节和形式上都表现出浪漫主义倾向。歌德曾经说"至少要读三遍"，才能看清他藏在《亲和力》中的许多东西。

3. 景仰与疏离：歌德与贝多芬

1812年7月，歌德随魏玛公爵来到捷克的疗养地泰普里茨。这里聚集了当时德意志和奥地利的王公贵族们，他们以养病为名来到这里召开反对拿破仑的秘密会议。闻名世界的德国作曲家贝多芬也正在这里疗养，当时他患了严重的耳部疾病。

歌德曾在法兰克福看过神童莫扎特的演出，也看过8岁的贝多芬于1778年3月26日在科隆举行的音乐会上的首次登台表演。小贝多芬的演出获得巨大的成功，轰动了德国，震动了波恩宫廷，被人们称为第二个莫扎特。歌德对此印象很深刻。

贝多芬比歌德小21岁，可以说是两代人。贝多芬从小就崇拜歌德、敬仰歌德，欣赏青年歌德的充满叛逆精神的作品，他从歌德的伟大诗篇里受到鼓舞。他曾为歌德作品中的诗歌《迷娘曲》谱曲，1810年又创作了《哀格蒙特》序曲，并渴望能与歌德交流。贝多芬通过朋友转达了自己对歌德的敬意，而朋友则向贝多芬保证，歌德将仁爱甚至亲切地接待贝多芬。之后，贝多芬跟歌德直接通信了。

1811年4月12日，贝多芬在给歌德的信中表达了自己发自肺腑的景仰之情："当我只能怀着最崇高的敬意来接近您,对您光辉的创作怀着深刻而无法形容的感情来接近您的时候,我又怎么能想到有这样的一次接待呢?"贝多芬在谈到《哀格蒙特》时写道:"您最近将从莱比锡经由布莱特科普夫与亥尔特出版公司收到《哀格蒙特》一剧的乐谱。对于这位辉煌的哀格蒙特,我又一次通过你热情地加以思考并作感情上的接触和我以前阅读它的时候一样;我并且谱成了音乐。我极愿倾听您对它的意见。对我来说,责难也有益于我和我的艺术,它将与最高的赞美一样地为我所欣然接受。"(见音乐译丛编辑部编,《音乐译丛 第一辑》,音乐出版社,1962 年版,95-96 页)

同年 6 月 25 日,歌德回信对贝多芬表示感谢,又说道:"因为我听过人们已经极其称赞地提到这个乐曲,并且打算今年冬天在我们的剧院伴随着所想到的那个剧目能够把乐曲推出,我希望借此既给予我自己又给予我们这个地区的人数众多的您的崇拜者以很大的享受。"(见歌德著,陈宗显译,《歌德散文选》,百花文艺出版社,2005 年版,270-271 页)

同年夏天,贝多芬来到泰普里茨疗养院治疗耳疾,并想在这里遇见他崇敬的诗人,结果落空了。

1812 年夏天,贝多芬听说歌德将要在 7 月陪同皇室到泰普里茨疗养院,就决定再次去那里疗养。贝多芬从维也纳出发,经过布拉格,于 7 月 5 日到达泰普里茨,住在橡树旅馆里等待歌德的到来。

贝多芬

7月19日，贝多芬在房间里终于等到了歌德的到来。

歌德先请女仆递进自己的名片，贝多芬立即朝门口迎了上去。

歌德说："我十分高兴与您结识。"接着歌德对贝多芬为自己的诗作谱写的歌曲和自己的剧作《哀格蒙特》谱写的序曲表示衷心的感谢。

歌德关切地询问贝多芬的耳部病情。贝多芬说："感谢上帝，耳疾对我的创作没有影响，我对音乐的想象依然是那样纯粹和清晰。"（见费里克斯·胡赫著，高中甫译，《贝多芬传》，台海出版社，2018年版，413页）

接着贝多芬坐到钢琴前弹起《哀格蒙特》序曲，认真听取歌德对他谱的乐曲的看法。

歌德听完后说："这多么动人啊！"他惊叹地称贝多芬为魔术师。

这次初会，贝多芬是如愿以偿了，他感到结识歌德是自己的光荣和骄傲。但是他对歌德的拘泥礼节、不流露感情的上流人物做派不予赞同。

有一天，歌德和贝多芬正在并肩散步。这时，一群宫廷的王公贵人陪着皇后，前呼后拥地迎面走来。贝多芬仍旧径直地走自己的路，歌德见了，却毕恭毕敬地退到一边，摘下帽子，向贵族们行礼。这个举动使得刚正不阿的贝多芬很恼火，他等了歌德好一会儿，对他说："我在等您，这是因为我敬重您，尊重您，这是您理应得到的，但是对那些人，您给予他们的尊重过于多了。"歌德说："我所做的，并没有超出礼仪所规定的。您大概忘了，我不仅是一个诗人，而且也是魏玛公国的一名官员。"（见费里克斯·胡赫著，高中甫译，《扼住命运的咽喉：贝多芬传》，新星出版社，2018年版，395页）贝多芬大摇大摆地走着，而那些认识贝多芬的人，都很客气地给他让路并向他致意。

贝多芬被维也纳宫廷指责为一个相当激进的共和主义者。他同封建势力作对,对自由和斗争充满热情、信心。歌德对贝多芬的思想和行为可能不了解,又或许了解,但歌德已经不愿意对事物进行评判了。

1812年8月9日,贝多芬给出版商布莱特科普夫和赫特尔的信中写道:"歌德太热衷于宫廷气氛,与一个诗人的身份很不相称。"

1812年9月2日,歌德写信给泽尔特,在信中说:"贝多芬的才华是真了不起,不过他的个性可真桀骜不羁。他觉得世界讨厌,并没有错,然而这种态度对人对己都没有什么好处。他逐渐失聪,所以这种态度实在也就情有可原了。"(见威尔·杜兰特,阿里尔·杜兰特著,台湾幼狮文化译,《世界文明史:卢梭与大革命》下,天地出版社,2017年版,666-667页)

在对待拿破仑的态度上,歌德与贝多芬也有分歧。虽然歌德也有被压抑的民族感情,但歌德视拿破仑为伟大的天才,因拿破仑轻易就占领了德国,扫除了德国根深蒂固的封建势力,传播了资产阶级的民主和自由;而贝多芬则有着强烈的捍卫民族和祖国尊严的立场,要求民族自由,反对外来侵略。在他的眼中,拿破仑不是什么伟人,而是自私自利的小人、侵略者。

歌德在政治上的谨小慎微,看重烦琐的礼节与甘愿妥协于现实的态度和做法,令贝多芬不悦。经过在泰普里茨这段时间的交往,两位巨人彼此有了近距离的了解。由于各自的理想和信念不同,他们的友谊不仅没有持续和发展,反而比先前更为疏远了。双方都对这期间的会面和交往的结果感到失望,从此他们之间只是形式上的相互尊重和敬佩,再没有书信往来了。

歌德对现实的妥协还表现在1799年著名哲学家费希特教授因不信上帝而被耶拿大学辞退一事上。其实歌德也是不信上帝的，这可以从一件小事中看出来。哲学家黑格尔六十大寿时，他的学生们为他设计制作了纪念章。纪念章的背面是一幅象征画——中间是守护神；右边是一个女子，手里拿着十字架；左边是一个正在读书的老学者，头上有一只象征智慧的猫头鹰。歌德对纪念章上哲学家与十字架一同出现非常反感，他认为福音书中有许多不是根据直接的见闻和经验而是后来根据口传写成的，没有可信度，而哲学是逻辑性很强的认识世界的思维活动。恩格斯也曾指出，歌德不爱谈上帝。可是，歌德对于费希特教授仅仅因为不信上帝被逐之事却保持沉默，甚至还对费希特与现实格格不入表示惋惜。

歌德在文学上取得了巨大成就，成为叱咤风云的诗人，在现实生活中，他却不愿介入政治和党派之争。他说："诗人一想做政治的活动，就不得不入党派；一入党派就不复是诗人了；因为不得不与自由的精神和旷达的见解辞别而用狭量和盲目的嫌恶的帽子遮掩耳朵了。"他认为"政治会把诗人侵蚀了的罢。成为阶级的一分子，在骚扰轧轹之中过日子,这不是合于精细的诗人的性质的事务"。（见爱克尔曼著，周学普译，《哥德对话录》，商务印书馆，1937年版，274、275页）

也许正因为歌德这种与现实能够融合的特点，他才没有像他周围的哲学界和文学艺术界的许多伟大人物那样，一生被穷困所迫，他是在舒适富贵的宫廷生活里安度晚年的。当然，他因此帮助了许多困境中的朋友，黑格尔和席勒都由于他的帮助才得到教授的地位，还有许多诸如此类的事。

这就是歌德真实的一面，尽管贝多芬理解不了诗人的内心世界和情感，但歌德对贝多芬的诸多不赞成或者否定，是客观、宽容和体贴的。贝多芬独享着歌德克制的评论和谨慎的态度。

4. 魏玛大公国首相遭遇剧院风波

1814年夏天，拿破仑被迫退位，魏玛的政治天空日趋明亮。1815年年初，维也纳会议之后，魏玛公国成为大公国，领土扩大了两倍。卡尔·奥古斯特成为大公，魏玛枢密院改为内阁，歌德也升任魏玛大公国首相。

歌德继续主管文化教育等方面的工作。

1815年8月，歌德前往德国南部莱茵河和美因河一带旅行。回到法兰克福的歌德很兴奋，他继续书写1814年就开始着手的《西东诗集》。这里有着梦幻般的东方世界，有着诗人的欢娱、痛苦、别离、重逢和忧伤。歌德挥洒的不仅是他精湛的诗艺，还有他对人生的真知灼见，更有对人类崇高理想的向往。

1815年10月11日，歌德回到了魏玛。

1816年6月6日，歌德的妻子病逝，这一年她51岁。67岁的歌德一度病倒在床，想着陪伴自己28年的妻子离开了自己，心中无比悲哀，他用诗句安慰妻子的灵魂。在这段婚姻中，歌德给了克里斯蒂安娜爱情、光荣和富足，改变了她的人生轨迹，而克里斯蒂安娜给了歌德自己的青春、儿子和对他无微不至的照顾。歌德只能将精力用在写作上、用在对魏玛剧院的管理上，以此缓解内心的巨大悲伤。

这一年，歌德完成了《意大利游记》第一部。

魏玛剧院以前因有席勒的协助，办成了德国剧院的典范。因为缺少人手，1817年春，歌德让儿子奥古斯特到剧院做自己的助手。

卡尔·奥古斯特公爵宠爱的女演员，也就是他的情人雅格曼，因嫉妒歌德在魏玛艺术界的地位，使用阴谋手段来争夺剧院的势力。她借助一件偶然发生的事情，在剧院掀起了一场轩然大波。

1817年3月，一个巡回演出的喜剧演员途径魏玛，请求歌德允许他和他的狗在魏玛剧院同台表演独幕剧《狗奥勃里》。歌德为了维护魏玛剧院的品位和尊严拒绝了他的要求。可这个演员为此事找到了卡尔·奥古斯特，大公答应了此人的要求。歌德却对此事没有让步，再一次拒绝了喜剧演员与狗同台演出的要求。为此，歌德与大公闹得不愉快。大公又发一道口谕并派一个导演将自己的决定再次通知歌德。歌德只给大公留下了一张便函，便动身去耶拿了。雅格曼趁机将这件事上升到歌德与大公的较量上。大公被激怒了，为了树立自己的权威，也为了讨好自己宠爱的情人，他解除了歌德的魏玛剧院总监的职务。歌德被迫离开了和他有40年密切关系的魏玛戏剧界，他有一种被放逐的感觉。

卡尔·奥古斯特因为一条狗解除歌德剧院领导权的行为，激怒了一些因慕歌德之名而来的工作人员及演员，他们继歌德的儿子奥古斯特离开剧院之后纷纷离开了魏玛剧院，以示对歌德的声援和对卡尔·奥古斯特的抗议。卡尔·奥古斯特意识到自己的做法有过失，主

歌德与卡尔·奥古斯特

动去耶拿跟歌德缓和关系。但歌德看出此事件的不可挽回，不愿意再与大公的情人抗衡了。

剧院风波就这样过去了。卡尔·奥古斯特与歌德的关系似乎还和从前一样好，私下里，卡尔·奥古斯特称歌德为"您"，歌德也曾表示和卡尔·奥古斯特"至死在一起"。

这一年，歌德完成了《意大利游记》第二部。

5. 忘年的挚友：歌德与爱克曼

约翰·彼得·爱克曼（1792—1854）出生在德国的一个小镇，他爱好写作，沉浸在诗艺中，尤其喜欢歌德的短诗，对歌德充满景仰。

1821年，爱克曼进入哥廷根大学学习法律，但是由于资金缺乏，最后不得已辍学。他从小就为生存而奔波劳累，养成了谦卑勤恳、一丝不苟的性格。

1823年，爱克曼怀着崇敬的心情，将已经写成但尚未出版的论文集《论诗，特别引歌德为证》寄给歌德，希望能够得到歌德的指点并且希望他推荐给出版商。

爱克曼来到魏玛已有几天了，他希望能得到歌德的约见。这一天终于来了。

1823年6月10日12时，爱克曼如约来到弗劳恩普兰的歌德寓所。他被安排在宽敞的、空气清新的客厅等候。

客厅的地板上铺着地毯，房间里

约翰·彼得·爱克曼

有一张深红色的长沙发和几把深红色的椅子，角落里有一架三角钢琴，墙壁上用油画和素描装饰着，屋子里洋溢着简洁和高雅的艺术气息。爱克曼置身在这安静的房间里，想着能有机会目睹歌德这样的大人物，心情很是紧张。

爱克曼在仆人的引导下来到歌德面前。歌德和蔼的神情让爱克曼消除了紧张的情绪。爱克曼看着歌德那褐色的面孔、满面的皱纹和丰富的表情，感到在这宁静的氛围中他的周身呈现出一种高尚与伟大、一种超然于世间毁誉之上的气场。爱克曼仿佛觉得面前就是一位老国王。爱克曼看着歌德，甚至忘记了说话，感到有种说不出的幸福感。

歌德说话很慢、很镇静，他开门见山地谈爱克曼的手稿，不时称赞地说这部书稿文字功夫非常扎实，语言流畅，并且这部书稿有着思路清晰的优点。歌德答应爱克曼将此稿寄给耶拿的出版商柯达，并决定当天就给柯达写信，推荐这部书稿。

看得出来，歌德喜欢上了这个年轻人。一老一少安静又亲热地交谈着。歌德建议爱克曼在魏玛住下来，帮助自己整理早些年发表的评论文章。爱克曼非常高兴，马上答应下来。从此，爱克曼就留在了歌德的身边，成了歌德的文艺学徒，担任歌德的私人秘书。

爱克曼几乎每个午后都到歌德家帮助歌德整理文件，处

歌德与秘书约翰·彼得·爱克曼

理一些日常的事务，记录歌德与他谈论的话题，开始编辑由歌德亲自审订的《歌德文集》。爱克曼很幸运地参与了歌德晚年的创作活动。歌德还介绍爱克曼去卡尔·奥古斯特家做孩子的家庭教师，去大公夫人的图书馆做管理员。

在爱克曼与歌德共处的9年间，他们谈论英国文学，谈论莎士比亚，谈论法国文学，谈论罗马、希腊，谈论各种战役，谈论人类的伟大精神。爱克曼非常用心地记录了歌德对以往的回忆和对当时文坛、政坛等看法的所有谈话内容。

歌德很信任爱克曼，也经常教诲他。比如有一次爱克曼告诉歌德，有一家英国杂志邀请自己按月为他们写短评，内容锁定为最近的德国散文作品，而且报酬丰厚。歌德脸色沉了下来，说："德国文学无不脱胎于英国文学，我们的小说和戏剧是哪里来的呢？难道不是来源于哥尔德斯密斯、菲尔丁和莎士比亚这些作家吗？就目前情况而言，德国难以找到3个文坛泰斗足以和拜伦、穆尔和瓦尔特·司各特比肩。因此我再次提醒你，必须集中精力从事有价值的工作，在英语研究中打下牢固的基础。一切于你毫无益处或者不相宜的东西都应该拒之门外。"（见爱克曼著，李华编译，《歌德谈话录》，天地出版社，2013年版，55-56页）爱克曼听到这番教诲，内心不再犹豫，从此他按歌德的要求行事了。

1831年5月15日，歌德和爱克曼在书房共进晚餐。席间，歌德拿起一张已经写好的字据说："对于我这样一个耄耋老人，还有什么继续生存下去的权利呢？我几乎没有一天不安排好后事，迎接上帝的召唤。我早已说过，当我辞世以后，由你来编辑我的遗著，今天上午，我把这个意思写进遗嘱了，就是这份合同，现在，咱们来签字吧。"（见爱克曼著，李华编译，《歌德谈话录》，天津教育出

版社，2008年版，186页）

就这样，歌德泰然自若地安排好了自己的身后事，这其中包含着他对爱克曼的无比信任，以及对爱克曼的文学修养的极大肯定。

爱克曼不负歌德的嘱托，在歌德去世后，他根据他们的谈话记录整理出《歌德谈话录》，于1836年出版。《歌德谈话录》一经问世即受到了读者的热烈欢迎，爱克曼也因此而闻名。

《歌德谈话录》是爱克曼辑录的关于歌德的言论和活动的文集，它较全面地反映了歌德的思想和行为，记录了歌德晚年关于文艺、美学、哲学、自然科学、政治、宗教、文化等方面的谈话内容，成为后人研究歌德的重要书籍。《歌德谈话录》被尼采誉为用德文写作的最重要的散文。

6. 憧憬东方文明　预言世界文学

拿破仑失败后，俄国、奥地利和普鲁士组成神圣同盟，封建势力在欧洲复辟，德国人民不仅没有获得自由，反而在思想上更加被禁锢。年逾花甲的歌德作为新兴资产阶级改良主义思想家，与当时先进的德国知识分子思想有所不同，与维护德意志民族的封建思想也有所不同。他对法国革命引起的社会动荡心存反感，但他崇拜拿破仑这样的叱咤风云的英雄人物，一度把建立新秩序的希望放到他的身上。所以，他不肯参加反法的所谓的民族解放战争，更厌恶封建复辟。

随着全欧洲性质的革命浪潮的到来，工人运动的兴起，空想社会主义思潮的传播，歌德世界观中的积极因素也有所增长。

面对欧洲社会的急剧动荡，歌德把目光转向了往昔。他阅读德国中世纪的史诗，欣赏中世纪的绘画。他又把目光转向了东方，他认为那儿是和平的、宁静的。他看到了东方科学技术的发展，看到了东方文明古国的辉煌文化，他对东方文学产生了兴趣。

歌德从1813年开始到1827年，阅读了中国的作品和书籍。1817年，他读到英译本的元杂剧《老生儿》。1827年，他读了英译本小说《花笺记》及其附录《百美新咏》，还读了法译本的《玉娇梨》。早年间，他还选收包括《今古奇观》若干小说在内的《中国详志》，歌德从中深受启发。

1827年1月27日，歌德在给朋友施特莱克福斯的信中写道："我深信，一种世界文学正在形成，所有的民族对此都会表示同意并因此迈出友好的步伐。在这里德国人能够而且应该最多地工作，在这场伟大的聚会中，他应该扮演一个美好的角色。"（见叶隽编选，《歌德研究文集》，译林出版社，2014年版，309页）

1827年1月31日，歌德向爱克曼谈读这些中国作品的感受。他认为中国人的思想和行为与欧洲人并无二致，只是中国人的思想和行为更符合道德标准。中国文明几千年来一直经久不衰，正是得益于这种方方面面的节制行为，他们的世界更加明朗和纯洁。他还赞叹中国人的生活始终与自然融为一体，中国的优秀小说有很多。他对爱克曼强调说，好作品随时会从世界上无数人的手中诞生，谁都不应该躺在创作了一首好诗的荣誉里沾沾自喜。他说："我们德国人如果不跳开周围环境的小圈子朝外面看一看，我们就会陷入上面说的那种学究气的昏头昏脑。所以我喜欢环视四周的外国民族情况，我也劝每个人都这么办。民族文学在现代算不了很大的一回事，世界文学的时代已快来临了。现在每个人都应该出力促使它早日来临。"（见爱克曼辑录，朱光潜译，《歌德谈话录》，译林出版社，

2021年版，121页）

歌德身处狭小的魏玛，胸怀却无比宽阔，眼光无比高远，他站在文学文化的高地，不断地接受新思想，研究新事物。他认为一定会出现一个超越国界的世界各民族共有的"世界文学"的天空，他兴奋地做出"世界文学的时代即将来临"的预言。他声称自己是世界公民，他觉得人类社会的前途充满光明。

7. 西东文化共融：《西东诗集》

早在1806年，拿破仑战胜奥地利和普鲁士以后，组成了莱茵联邦，给德国带来了一些法国革命后的思想和制度，促进了德国的进步。当时德国一部分政治家、思想家、诗人从民族主义立场出发反抗拿破仑发动的战争。歌德基于对历史发展的观点，对反拿破仑战争并没有表示支持，反而接受拿破仑的接见，这引起了很多爱国人士包括他的朋友的不满。1813年10月，莱比锡会战上，迎来了普鲁士、奥地利、俄国的决定性胜利，拿破仑的"莱茵联邦"解体。1814年4月6日，拿破仑被迫退位。而德国的统一、人民的自由和社会的改革在复辟的政权下都没有实现，欧洲各国君主镇压进步思想，封建势力在欧洲全面复辟。歌德内心很是苦闷，他开始向往东方，寻找东方文明。

1814年夏，歌德阅读了德译本的波斯诗人哈菲兹的抒情诗。哈菲兹是14世纪的波斯诗人，在波斯文学史上占有重要地位。哈菲兹的诗歌创作时期，正是蒙古人统治波斯的时期。他的诗对当权者的专制和暴虐，尤其对社会的虚伪、宗教教条的偏见进行了无情的揭露和嘲讽；对贫困的人民寄予了深厚的同情；对自由、公正和美好的新生活寄以希望。他的波斯文《哈菲兹诗集》于1791年第一次正式出版,并被译成多种外国文字。哈菲兹的优美的诗歌意象深深地吸引了歌德。

歌德通过研究阿拉伯、波斯、印度、中国的文学和哲学,从古老的东方文学中汲取了营养。

1814年歌德开始着手创作西东文化共融的诗歌,并将这些诗歌归入《西东诗集》。这里有诗人梦幻般的东方世界,有着诗人的欢娱、痛苦、别离、重逢和忧伤。歌德挥洒的不仅是他精湛的诗艺,还有他对人生的真知灼见,更有对人类崇高理想的向往。歌德于1819年发表了抒情诗集《西东诗集》。

《西东诗集》是歌德晚年乃至一生中最重要的诗作。它是一部由西方作者写的富有东方思想情趣的诗集。诗集由长短不等、题材各异的200多首诗歌组成。按题材分为12篇,它们是《歌手篇》《哈菲兹篇》《爱情篇》《观察篇》《怨恨篇》《格言篇》《帖木儿篇》《苏莱卡篇》《警喻篇》《酒保篇》《巴斯人篇》和《乐园篇》。这12篇的每一篇都是自成一体的,有各自的主题,歌颂了人生、理想、爱情等。但这12篇又是一个整体,这是因为:诗人歌德本身乔装改扮,是贯穿全书的主要角色;其内容和风格受到阿拉伯文学的影响,特别是受到14世纪波斯诗人哈菲兹的影响,有着鲜明的东方风格和色彩;一些重大主题,如人生、信仰,在各篇中反复出现,反复吟唱,步步提升,逐渐升华。

在诗中,歌德变身为阿拉伯歌者哈台姆在浅吟低唱,他将叙事与抒情、哲理与讽喻巧妙结合,将西东文化完好地共融,成为一部供世界各民族诵读的文学佳作。

当诗人超越时空通过波斯诗人哈菲兹的眼睛审视自我时,他对自己的使命有着冷静的认识。30年前，曾经的意大利之行使他醉心于希腊古典主义，创作出了《罗马哀歌》等一批不朽的诗作，如今，他开始了精神上的东方之旅，又使他的诗歌艺术有了新的追求。他在《诗歌与雕塑》这首诗中表达了西东方两种艺术的区别，诗歌如下：

> 尽管希腊人用黏土
> 捏成各种形象，
> 对自己双手的孩子
> 无比喜爱欣赏；
>
> 我们却愿将手伸进
> 这幼发拉底河，
> 在流动的元素里面
> 来来回回徜徉。
>
> 我要消解心头之火。
> 歌啊，你便鸣响；
> 诗人纯洁的手掬水，
> 水会凝成球状。

（见杨武能著，《走近歌德》，四川人民出版社，2022年版，256页）

可见，希腊罗马的古典艺术是凝固的、轮廓分明的，易把握；而阿拉伯的东方诗歌是流动的、无定界的，不易把握。这是古典与浪漫的区别，歌德以幼发拉底河水的特性，以一颗赤子之心，完成了从古典主义作家到浪漫主义作家的转变。

8.中国意象：《中德四季晨昏杂咏》

歌德在研究中国文学并提出"世界文学"的同时，也就是在1827年五六月间，歌德来到位于伊尔姆河畔的园林屋小住。歌德阅读了流行于明末清初的才子佳人小说《花笺记》《玉娇梨》《好逑传》及《百美图咏》中的一些诗词，被其优美的叙述文字和委婉曲折的情节深深打动，他激情满怀地写下了这部动人的《中德四季晨昏杂咏》组诗。该组诗于1830年发表。

这是一部有着中国情调、富有中国元素的作品。

德国著名的汉学家、翻译家卫礼贤，在分析歌德写《中德四季晨昏杂咏》一诗的创造过程时说："总括地说一句，歌德在写这十几首诗时是受看《花笺记》的冲动，心情是很不平静的。他把由那本书里所得到的冲动，放在脑筋里融化组合过。他接受冲动的态度是活的，不是死的。因为他能够鲜活地理解这些冲动，深深地钻进它的幕后，所以他的思想能够和中国的真正精神，直接地深深吻合。"（见工博，梁锡江著，《德国文学的王者：歌德》，华中科技大学出版社，2021年版，97页）

《中德四季晨昏杂咏》由14首诗组成，大多是四行或八行的抒情诗和格言诗，这些诗格调恬淡、明朗、清新，是对中国诗歌格调和情趣的模仿。该组诗描写了花园中季节变换的景象，写出作者对大自然和美好生活的情致，表达了作者对大自然、生命和社会的认识和领悟。其内容有对官场的厌倦，有对爱情的歌颂，有对生命意义的思考。组诗通过中德两种意象的相互交织，完好地表现出中国意象的那种美好与宁静。

其中，最能表达自己心境的，见第1首：

> 疲于为政，倦于效命，
> 试问，我等为官之人，
> 怎能辜负大好春光，
> 滞留在这北国帝京？
> 怎能不去绿野之中，
> 怎能不临清流之滨，
> 把酒开怀，提笔赋诗，
> 一首一首，一樽一樽。

这首诗表达了身在仕途的官员，身心俱疲，希望走出官邸，置身于广阔的绿水原野之处，把酒临风，吟诗作赋，体会中国诗人的陶情诗酒般的生活。

融合了中国人生活智慧的，见第14首：

> "好！在我们匆匆离去之前，
> 请问还有何金玉良言？"——
> 克制你对远方和未来的渴慕，
> 于此时此地发挥你的才干。

这首是《中德四季晨昏杂咏》组诗的收篇之作。在历尽人间万般苦乐之后，世间永恒的法则就是入世，人间的美好就在于勤劳的双手和伟大的智慧，就要发挥自己的聪明才智，这体现着中国精神和智慧与歌德的思想是那么一致。

最具中国含蓄表达爱情方式的,见第6首:

> 杜鹃一如夜莺,
> 欲把春光留住,
> 怎奈夏已催春离去,
> 用遍野的荨麻蓟草。
> 就连我的那株树
> 如今也枝繁叶茂,
> 我不能含情脉脉
> 再把美人儿偷瞩。
> 彩瓦、窗棂、廊柱
> 都已被浓荫遮住;
> 可无论向何处窥望,
> 仍见我东方乐土。

这首诗中的象征爱情萌发的春天已经离去,夏季已经来临,枝繁叶茂挡住了望向情人的目光,但爱情的信念不移,藏在彩瓦、窗棂、廊柱等中国建筑中,含蓄地表达着永恒的情感和人类的意志。

最具中国气派借物咏志述怀的,见第8首:

> 暮色徐徐下沉,
> 景物俱已远遁。
> 长庚最早升起,
> 光辉柔美晶莹!

万象摇曳无定,
夜雾冉冉上升,
一池静谧湖水,
映出深沉黑影。

此时在那东方,
该有朗朗月光。
秀发也似柳丝,
嬉戏在清溪上。
柳荫随风摆动,
月影轻盈跳荡。
透过人的眼帘,
凉意沁入心田。

(以上组诗,见杨武能著,《走近歌德》,四川人民出版社,2022版,88-96页)

  该首诗对园林屋外的夜晚动态场景进行了描绘。全诗分为两部分,上部分写诗人眼中所见的暮色下沉,启明星上升的景象,所有的人间景象变得朦胧起来。下部分写诗人想象中的东方月夜,中国诗中的象征物柳丝、月影、清溪都承载着作者此时的情怀。诗中有画、画中有诗,诗中的意象和情调充满着中国诗韵,体现了歌德对中国文化的热爱。

9. 艺术成就的辉煌顶峰

歌德的晚年是在辛勤的创作中度过的。歌德预见"世界文学"一定到来，这种信念鼓舞着他、激励着他。他恢复了创作的青春，出现了第三次创作高峰。

1814—1832 年，歌德创作了大量的作品，续写并完成了他前期未完成的作品，完成了他一生中所有的重要创作。其作品饱含着他对人生岁月的感念和理解。

1829 年，歌德完成了小说《威廉·麦斯特的漫游时代》，这是1796 年写成的《威廉·麦斯特的学习时代》的续集。

"威廉·麦斯特"系列分为《威廉·麦斯特的学习时代》和《威廉·麦斯特的漫游时代》两部小说。这两部小说歌德用了 50 年时间才写成。从书名上看，两部作品应是紧密联系、贯穿一致的。但实际上它们在内容上却没有太多的连续性，反映的是歌德时代广阔的现实生活。歌德把他一生的经验、认识和理想都倾注在这部巨著里。小说要求"活动"、赞美"劳动"、推崇"创造"的思想，引导人们在社会中应有积极向上的心态和奋进的方向。这期间，歌德的艺术成就达到了辉煌顶峰。

（1）《威廉·麦斯特的学习时代》

《威廉·麦斯特的学习时代》是一部风靡整个德国的成长类小说，是德国成长小说的巅峰之作。它描写了一个青年的成长历程，包括内心的发展和道德的完善过程，在文学史上被称为教育小说或发展小说。

主人公威廉·麦斯特是商人之子，从小就热爱文学艺术，很喜欢看戏。他满怀理想，是个浑身充满朝气的热血青年。他不满足平庸的市民生活，鄙视市民阶层唯利是图的陋习，想要摆脱狭隘的环境，向往广阔的天地，追求更高的理想，他寄希望通过戏剧艺术和美育来改造社会。

小说描述了威廉·麦斯特不满身边环境的情绪和想摆脱小市民狭隘圈子的想法，记叙了他走向充满活力的生活和理想世界的过程。青年时代的他爱上了女演员马利亚娜，两人同居并有了一个孩子，他们共同憧憬美好的未来。后来由于发生误会，威廉怀疑马利亚娜对自己不忠而离开了她。爱情的波折对他来说是一个重大的打击，他加入了一个流动剧团，到处演出。但混沌污浊的戏剧界，令他的思想陷入迷惘。威廉四处漂泊，感受到了种种世态炎凉，但他仍不失善良和敏感的天性。他把孤苦的小姑娘迷娘从被虐待的境地中拯救出来，把浪迹天涯的竖琴老人收留下来，还同情被遗弃而忧郁致死的奥勒丽。威廉目睹了人间的种种不幸，参加了罗塔利奥及其朋友们组织的秘密团体，找到了失散多年的儿子菲利克斯。他从事改良社会和献身人类的工作，成为追求人性完善和崇高社会理想的探求者。威廉由最初寻求戏剧艺术，到最终理解了人生艺术的真谛。

小说主人公通过不断地克制自己、完善个性，为让自己成为一个所谓完整的人而投身于现实生活。他经历过错误，陷入过迷途，最后达到理想的境界。小说主人公把为人类服务和为个人奋斗当作目标，以集体生活、共同劳动、互敬互爱为社会理想，表达了作家对现存社会的否定和对自由、平等的乌托邦社会的向往。

（2）《威廉·麦斯特的漫游时代》

《威廉·麦斯特的漫游时代》写于1821年，经过1825年的修改和扩展，于1829年脱稿。在小说中，歌德阐述了保证个性协调发展的社会理想和教育主张。歌德写这部小说时，正是空想社会主义思想广泛传播的年代。和其他空想社会主义者一样，歌德在小说中描绘了他的社会理想。

小说结构松散得出奇，是由日记、书信、谈话、观感、格言、诗歌、故事等拼凑而成的。既没有突出的中心主题和连贯的情节，也没有中心人物，威廉·麦斯特的出现只起穿针引线的作用。威廉带着他的儿子菲利克斯通过漫游，认知了现实生活，对人生得出了一个最终结论：实践活动乃是人生的目的。威廉把儿子菲利克斯送进了"教育省"。教育省是一个相当于行政省的地区，完全是歌德创造的一个"理想国"。在这个理想国里，人人都是平等的，每个人要对己对人都有用处；个人主义受到批判，集体思想得到颂扬，不管个人努力的目标是什么，单枪匹马总是没有力量的，合群永远是一切有善良思想的人们的最高需要；劳动受到赞誉，要一生献身劳动；创造性得到推崇，每一秒钟都应该有所创造。在这里，孩子们要在技能上根据自己的喜好掌握一门手工艺技术，同时要在品德修养上得到提高。在为整个社会福利而劳动的思想指导下，威廉认识到只有掌握一门手艺，才能为他人造福。为此，威廉选定了外科医生作为自己的职业。他学习医疗技术，成了一名外科医生，为人类谋福利。最后，他与妻儿团圆，结束漫游。

小说主人公在不停地探讨理想的社会制度，他认为把人培养成为有益于社会是很重要的，他强调个人和集体都必须投入到持续不断的创造性劳动中去。小说更多地运用象征和寓意来表达作者的理想，结构比较松散。

小说也明显地暴露了歌德的某些偏见和弱点。威廉在人生的探索中，偏偏在贵族田庄里找到落脚点，找到希望。这种以为只有在开明贵族中才能找到自己的理想的观点，正是魏玛宫廷生活在歌德身上留下的烙印，也是他认为贵族比市民优越这样一种偏见的反映。歌德一生都在思考如何改变现实的问题，而小说主人公探索的轨迹及结果，在很大程度上体现了歌德关于这个问题所持的观点。这是幻想在德国当时的政治和社会制度的基础上寻找自己理想的道路，事实证明这条路是走不通的。

"威廉·麦斯特"系列是歌德小说的代表作。其内容之丰富，规模之巨大，创作时间之长，花费精力之多，都说明它在歌德的作品中是仅次于《浮士德》的作品。同年，歌德还完成了《意大利游记》第三部的创作。

（3）《诗与真》，诗人的自我审视

由于友人的要求，1811年，歌德开始写他的自传《诗与真》，到1830年时完成了《诗与真》第四部的写作。它记叙了歌德从出世起到进入魏玛时为止的一段生活经历，展现了他的世界观的形成过程，其中对当时社会政治和文学方面的各种现象也有许多评论。

在《诗与真》的自序里，歌德谈到了一位朋友的来信。这位朋友通读了歌德的全部诗作，为了对歌德的作品有更全面的了解，他请求歌德将作品按照写作年代的顺序编排并加以说明，再谈谈写作素材，讲讲影响歌德的先贤和身边的人。因此，应朋友的要求，歌德开始了写作自传的工作。

从1806年起，《歌德著作集》开始陆续出版。到1808年，12卷全部出齐。歌德将这12卷的著作集所收的作品挑选出来，按照年月的顺序重新排列，对作品写作的意图加以注释。按照这个编写

法，到 1813 年完成了前 3 部，最后一部是在爱克曼的帮助下，于 1831 年才完成。歌德为后人留下了一份宝贵的有关他自己成长的资料。

《诗与真》是歌德晚年断断续续写就的，对于往事，特别是少年往事，他是以俯视的态度在审视自己。他认为，一个人最有意义的时期是他的发展期，要成就大事业，就得趁年轻的时候。过了这个发展期，与世界的冲突就开始了。

歌德的《诗与真》，体现了他一生的文学创作活动，这里面有他思想的留痕，有他对真理的执着，有他豁达的人生态度。从他创作的年表上看，歌德的一生都在创作，他的文字在他生命的长河里熠熠闪光，他的作品在世界文学史上占有重要的位置。

（4）《浮士德》，知识分子的百年求索

诗剧《浮士德》的创作贯穿了歌德的全部创作生涯。浮士德的故事最早见于 16 世纪德国的民间传说。这个题材吸引了众多作家，出现了许许多多的演绎作品。

早在 1768 年，歌德因病从莱比锡回到家乡法兰克福的时候，就对浮士德这一题材产生了兴趣，1773 年就开始构思并动笔写作。1775 年完成了初稿《浮士德片段》，之后，暂时停笔。1786 年去意大利旅行时在原稿基础上增删修改，并写了《魔女之厨》《林窟》章节。1790 年《浮士德片段》发表，吸引了席勒的注意力。

1794 年，歌德与席勒结交后，席勒一直关注着歌德的《浮士德》。席勒对歌德的草稿《浮士德》很认可，并对歌德的作品提出了建议，要将浮士德的活动引入实际生活中。这样就确定了作品的主题思想，浮士德不再是单纯的个人，而是人类知识分子的代表。浮士德的经

历也不再仅仅是他个人的经历，而是人类发展的缩影。在席勒的一再建议和催促下，歌德开始了对《浮士德》的第三次创作。

1806年，歌德完成了《浮士德》第一部，于1808年发表。第一部写作时间长达20多年，这时席勒已经去世了。1831年，歌德在爱克曼的催促和帮助下，完成了《浮士德》第二部。这部作品于1832年发表，这时歌德已经逝世了。

《浮士德》写作的总体时间近60年之久。完成了《浮士德》这部巨著，歌德似乎完成了自己生命中的全部追求。歌德对爱克曼说："我今后可以把它看作纯粹的赠品了。我将来是否再做什么，倒都是一样的了。"（见爱克尔曼著，周学普译，《哥德对话录》，上海教育出版社，2000年版，288页）

对于《浮士德》的完工，歌德很是欣慰，因为这是他用毕生精力建构出来的史诗性巨著，是用一种神圣纯洁的心态创作出来的于他本人有着非凡意义的巨著。《浮士德》这部作品在世界文学史上占有极其重要的地位，浮士德这个人物在世界文学史上成为不朽的形象，歌德在文学领域里奋斗了一生，硕果累累，就像剧中的浮士德，他的心满足了。

诗剧《浮士德》是歌德一生思想和创作的总结性作品，是所有的浮士德题材作品中最好的作品，它是歌舞着的诗意的呈现，具有史诗般的宏大场面和规模，具有莎士比亚式的悲剧内涵。

关于诗剧《浮士德》的主旨，歌德在1827年5月6日是这样对爱克曼说的："人们还来问我在《浮士德》里要体现的是什么观念，仿佛以为我自己懂得这是什么而且说得出来！从天上来，通过世界，下到地狱，这些当然不是空的，但这不是观念，而是动作的情节过程。此外，恶魔赌输了，而一个一直在艰苦的迷途中挣扎、向较完善境界前进的人终于得到了解救。"（见爱克曼辑录，朱光潜译，《歌德谈话录》，译林出版社，2021年版，156页）通过浮士德几个阶段的追求，歌德写出了一部人类灵魂发展史，一部时代精神的发展史。浮士德在最后一幕剧中，从"自我中心主义"向"人民本位主义"的转化，使他获得救赎。他认识到"自由的土地""自由的国民"的虚幻，"民主与和平""慈爱与宽恕"还在远方，"永恒的女性"是一切美好的象征。歌德在该书中描绘了人类的前途和理想，阐释着人生的意义和价值。

歌德塑造的浮士德，其经历代表着知识分子对世界的探索，是人类精神世界由低级向高级的发展历程，这里凝聚着歌德对社会、历史和人生的真知灼见，体现着对文艺复兴以来到19世纪这300年间欧洲文化的反思。

10. 戏剧创作成果

歌德的文学创作包括了几乎所有的文学体裁，其中，戏剧创作是他全部创作中最重要的部分，他一生中完成的和未完成的剧本有70余部，其中有鸿篇巨制，也有化装游行剧一类的剧作。

歌德在"狂飙突进运动"时期写了大量的剧本，他的剧本可分三类：

第一类：继承汉斯·萨克斯的传统写法，富有民间传统特色的狂欢节剧和讽刺性滑稽剧。如《诸神、英雄与维兰德》（1774）、《普隆德尔魏伦的集市》（1774）和《帕得·希莱的狂欢节剧》（1774）。

第二类：描写爱情与婚姻问题的剧本。如《克拉维哥》（1774）、《史推拉》（1775）和《兄妹》（1776）。

第三类:充满"狂飙突进运动"时代精神的剧本,如《葛兹·冯·伯利欣根》(1773)《普罗米修斯》(写于1773年,发表于1830年)《哀格蒙特》(写于1775年,发表于1788年)等。

歌德在莱比锡上学期间就开始写牧童剧《恋人的情绪》,离开莱比锡大学回家养病时开始写喜剧《同谋犯》,之后,他的创作进入了第一个高峰期。《葛兹·冯·伯利欣根》是第一部真正具有歌德特色的作品,使歌德成为"狂飙突进运动"的主将。这部剧作无论是思想内容还是写作形式,对"狂飙突进运动"时期的戏剧都产生了很大的影响,体现了个人享有自由的思想。在创作手法上,歌德把历史上的事件作为悲剧的创作素材进行再创作,赋予其不同的社会意义和人性思考,这种手法具有创新性。在戏剧结构方面,歌德抛弃了古典戏剧的规则,整部戏由一个个叙事式的画面组成,没有紧密的逻辑关系。场景和地点多次更换和变动体现了戏剧的创新思想,突破了传统戏剧"三一律"的限制。

悲剧《伊菲格涅亚在陶里斯》(1788)被文学史学家看作是歌德古典主义文学时期的第一部作品。该剧根据欧里庇得斯的《伊菲格涅亚在陶洛人里》悲剧写成。在歌德的笔下,主人公伊菲格涅亚成了人道主义人物的象征,该剧在形式上回到了古典剧的轨道,严格遵守"三一律",整部戏剧和谐完整、宁静优美。

《托夸多·塔索》(1790)是一部古典悲剧。该剧描写了文艺复兴时期意大利诗人塔索在宫廷里的遭遇。在理想和现实矛盾的时候,塔索寻求的是和解,导致精神上的崩溃。这是知识分子在思考人生道路问题时思想局限导致的悲剧。

法国大革命以后,歌德写了几部政治剧。如《大科夫塔》(写于1791年)、《市民将军》(1793)、《激动的人们》(1793)等。剧情大都直接或间接与法国大革命有关,作品的倾向是反对暴力革命,主张改革。

与席勒合作的近十年(1794—1805)是歌德创作的第二个高峰期,其中最大的收获是创作诗剧《浮士德》的第一部。

《浮士德》(1832)是歌德戏剧创作的最高成就,该剧贯穿了他的全部创作生涯,他从1773年就开始写作,1806年完成《浮士德》第一部,到1831年完成《浮士德》第二部,近60年的创作过程,掺杂着他对人生的许多感悟和他对事业孜孜不倦的追求。

《浮士德》的创作形式非常独特,它包含了若干可以自成一体的悲剧,又可以被看作是有头有尾的诗集。就全剧而言,它没有严密的戏剧结构,像是一部叙事体作品。它是把诗歌、戏剧和小说的特点糅合在一起的戏剧,就形式而言,它就是一部无与伦比的作品。

这部巨著表现了诗人的全部生活和艺术实践体验,是诗人毕生劳动和不断探索的思想总结和艺术总结,它不仅是德国文学的巨著,也是世界文学中的珍品。它为欧洲浪漫主义文学和批判现实主义文学积累了宝贵的艺术经验,在文学史上有着特殊意义和重大贡献。它与荷马的《荷马史诗》、但丁的《神曲》、莎士比亚的《哈姆雷特》并列为欧洲文学的四大名著。

二、西沉的太阳(1832.3.22)

歌德的身体向来很健康,他那威严的仪表使他即使到了老年也显得精力充沛。

1831年8月28日是歌德人生的最后一个生日。为了躲避人们对他 82 岁生日的盛大庆祝，他带着两个孙儿及仆人，来到了伊尔梅瑙。这是他最后一次离开魏玛了。

8月27日，歌德在当地山区视察员的陪同下，从伊尔梅瑙出发去加贝尔巴赫。这是一条当年走过的山路，他曾经在这里写了一首小诗，题在山顶小屋的板壁上。歌德兴奋地走到那座三层的木板小楼，找到了小屋南墙上的用铅笔写的《浪游者的夜歌》：

> 群峰一片
>
> 沉寂，
>
> 树梢微风
>
> 敛迹。
>
> 林中栖鸟
>
> 缄默。
>
> 稍待你也
>
> 安息。
>
> 歌德　1783 年 9 月 6 日

（见歌德著，钱春绮译，《歌德名诗精选》，太白文艺出版社，1997 年版，153 页）

近 50 年过去了，诗还在，人却老了。歌德诵读着这首小诗，泪水流了下来，特别是这最后一句，触动了歌德的心境。

歌德的生命力是那样旺盛，他的朋友、爱妻、独子，还有魏玛公爵，都已离开人世。而他已是年过八旬的老人，他能像浮士德那样，喝魔汤就能返老还童吗？

死神终于光临这位老人了。

1832年3月15日，歌德乘马车去外边散步，受了凉，患了重感冒，回到家就病倒了。他胸部疼痛，面色如土，饮食困难。后来，病情时好时坏，歌德预感到自己将不久于人世了。

21日早晨，歌德翻看了一本有关法国七月革命的书，然后他向家人问了日期，并且说："这样，春天已经开始，我可以更快地复原了。"随即入睡。

22日，歌德迎来他生命的最后一天。上午9时，歌德陷入了昏睡状态，最后一次苏醒时，他睁开眼睛，感觉精神许多，便坐起来与儿媳妇说了一会儿话。他觉得屋子里太暗，便望着窗户喊道："打开百叶窗，让更多的光进来！"他坐在床边的椅子里，面容十分安详。家人们一时都很宽心，想让他多休息一会儿。他带着绿色的眼罩，他的儿媳妇坐在他的身边，握着他的左手。10时，歌德要求给他一点儿酒。人们听到他的最后一句话是："来，我的小女儿，把小手递给我。"中午11点30分的时候，这位83岁的老人闭上了眼睛，从此再没有睁开。德国最伟大的作家、世界最伟大的诗人之一——歌德，就这样与世长辞了。

1832年3月22日，83岁高龄的歌德在魏玛辞世，世界文坛陨落了一颗光芒四射的巨星。

爱克曼在回忆中这样记叙着他的恩师：他仰卧着如同睡着了一般，他高贵的脸充满着祥和和安定，仿佛还继续思考着某件事情。

歌德生前居住的卧室

3月26日，在举行遗体告别仪式之后，举行了隆重的葬礼。

歌德的安息之处位于城南的历史墓地。墓地内有一个专为魏玛公爵家族修建的白色陵殿。陵殿门首撑起四圆柱，里面为一厅堂，屋顶是蓝色的拱形盖。墓室建在陵殿地下。本来墓室里只安葬公爵家族，但卡尔·奥古斯特公爵认为，歌德和席勒是"诗界的诸侯"，也应该在此有一席之地，这样公爵死后也能接近两位诗人。所以歌德的棺椁就安放在公爵的墓室里，安放在席勒的棺椁旁。这也是1827年歌德在迁移席勒墓时亲自选定的墓址。

歌德和席勒的墓地

德国的文坛泰斗就这样永远安息在魏玛的土地上。

歌德曾经这样谈论生死："西沉的永远是这同一个太阳""一个活了75岁的人，偶尔总难免思考死亡的问题。不过，我对此并不感到恐惧，因为我深信人类的精神必将生生不息地得以流传，就像这太阳，肉眼看来好像是落下去了，但实际上它永远不落，光辉依然。"（见爱克曼著，李华编译，《歌德谈话录》，天津教育出版社，2008年版，39页）

歌德的一生有如他曾写过的《墓志铭》：

少年时孤僻而倔强，

青年时狂妄而固执,

壮年时敢作又敢为,

老年时轻率而怪癖!——

要这样,你的碑上便可刻着:

一个真正的人在此安息!

(见歌德著,杨武能译,《歌德抒情诗选萃》,四川人民出版社,2009年版,72页)

第四部分 | 作品的传播
　　　　　　世界文学的构想

如果你有一颗向往外面世界的心，
魏玛的每一道大门和每一条街道都与世界相连。

一、歌德作品在世界的传播

1. 歌德在德国文学史上的艺术成就及地位

歌德有着漫长的人生经历，他叩开了两个时代的大门，让我们看到了18—19世纪社会发展的波涛汹涌和波澜壮阔。歌德作为德国最伟大的诗人、戏剧家和小说家，他的作品享誉世界，文存四海；作为艺术家，他专研美术史学且勤于艺术创作，其作品包括上千张绘画、雕刻铜版画等；作为科学家，他在科学方面著作甚广，涉及地理、光学和生物学；作为政治家，他是活跃的政府官员，他供职于魏玛宫廷的枢密顾问，掌管着矿山、军队以及文化等各个领域的经营管理。他在研究的范围跨界中丰富了人生的体验，形成了一套完整的魏玛古典主义文学思想。

歌德在大约十二岁时，他用德语、法语、意大利语、英语、拉丁语、希腊语和当地德国犹太人的方言七种语言写小说。他写作的文学体裁很广泛，他的抒情诗包括歌曲、赞美诗、颂歌、十四行诗、民歌和讽刺短诗。他创作的戏剧采用诗歌体和散文体，包括喜剧、悲剧、讽刺性短剧、长剧、宫廷假面剧，还有小歌剧和大型史诗剧。他写的小说包括短篇小说、长篇小说，多采用第一人称或第三人称叙事方式。小说的题材涉及社会方方面面，如爱情、成长、社会风俗、历史、田园等类别。

歌德的作品涉猎古希腊和罗马文学、古典神话和埃及神话，涉及《圣经》、中世纪诗歌、但丁作品，意大利文艺复兴时期、德国文艺复兴时期中的情境和人物，汲取莎士比亚戏剧、法国古典主义小说的创作形式。仅《浮士德》就涉及以上提及的诸多领域，他的作品是欧洲文学传统的汇集。歌德将古典和现代、国家和种族、上流文化和流行文化相结合进行文学创作，形成了歌德的创作特色。

歌德熟悉欧洲国家各历史时代的文学作品和形式，对东方文学也很有兴趣。他研读过波斯、阿拉伯、印度的文学，读过马可·波罗13世纪晚期的亚洲游记。他的《西东诗集》(1819)就是一部以东方素材为基础的抒情诗集，是他在读到波斯诗人哈菲兹诗作的德文译本之后写出的。在创作该作品的五年之中，他以中世纪波斯诗人的口气创作出大量带有不同程度波斯风格的诗作，还自由地改写不同程度波斯风味的诗歌，形成了自己的风格，在诗作中还附加了详细的注解，体现着他对波斯诗歌研究的成果。

关于歌德的第一本有影响力的传记是英国人乔治·亨利·刘易斯写的《歌德生平和著作》(1856)；歌德的学术性传记之中流传较广的是英国人尼古拉斯·博依写的《歌德：诗人和时代》(1991)。之后，有关歌德的各种书籍纷纷进入大中小学教室和书店，歌德的作品在全球化占统治地位的语境中也占有特殊的一席之地。

歌德的一生充满了传奇，他对人生本质的思考，他的文学和社会活动，他的《诗与真》和《歌德访谈录》都再现了其真实而又睿智的一生。歌德是伟大的，他的作品为人类文化史增添了一道亮丽的色彩。歌德是德国最具影响力的文化形象，他影响了几代人，并为德国经典语言学和现代语言学的创立奠定了基础。接受歌德思想最全面的语言学家洪堡创立的柏林洪堡大学被认为是现代德国大学的典范。这段时间的德国文化被看作是德国的古典时期，常被称为"歌德时代"。

2. 歌德作品在世界的传播

歌德在德国文化中占有重要的地位,他在世界文化中的地位却更加重要。在 19 世纪下半叶,学习德语的人们大多要阅读歌德的作品,特别是他的经典戏剧《伊菲格涅亚在陶里斯》、田园诗《赫尔曼与窦绿苔》和诗剧《浮士德》。

歌德对世界文学的贡献是巨大的,对世界文学的影响也是巨大的。歌德的作品是各民族文学的一面镜子,他的作品被翻译成多国文字在世界范围内流传。其中歌德的第一部书信体小说《少年维特之烦恼》一经出版迅速风靡整个欧洲,被翻译成几乎所有的欧洲语言。歌德的作品《浮士德》,1968 年就被翻译成 48 种语言在世界范围内广为流传,成为各国人民熟悉中的外国经典文学中的重要组成部分。他的名字、作品跨越时空为世界各国人民所熟悉。其影响遍布全世界,他的巨著已成为全人类的一笔宝贵精神财富。

歌德和他的作品在中国出现是在清朝末年,歌德的名字"果次"最早出现在曾任驻德公使李凤苞 1878 年 11 月 29 日的《使德日记》中;辜鸿铭于 1898 年、1901 年分别由上海别发洋行印发英文文章《论语——引用歌德和其他西方作家举例说明的独特译文》《尊王篇》以及于 1915 年在北京每日新闻社上发表的《春秋大义》中介绍了歌德的思想。

1902—1903 年间,马君武翻译了《少年维特之烦恼》的片段和《米丽客歌》《迷娘曲》),并出版,在当时产生了一定的影响。1903 年(光绪二十九年),上海作新社出版的《德意志文豪六大家列传》中就包括了赵必振译述的《可特传》(《歌德传》),比较详细地介绍了歌德的生平和他的作品,还谈到了歌德和席勒的关系以及他们对德国文学的影响。1904年,王国维在《红楼梦＜评论＞》中提到《法斯特》（今译《浮士德》），称对老博士的苦痛和解脱描写精妙。1907年，鲁迅在他的《摩罗诗力说》中曾提到瞿提（歌德）和他的名著《法斯特》（《浮士德》）。1908年，《学报》杂志第一卷第十期出版仲遥的《百年来西洋学术之回顾》，其中对歌德及其创作做了介绍和评论："哥的（歌德）为客观的诗人。其为人有包罗万象之概。故其思想亦广大浩漫，如大洋之无垠。而其文章，则感兴奔流，一泻千里。"

五四运动之后的1922年，郭沫若将《少年维特之烦恼》全本翻译成中文问世，这部小说在中国引起了强烈反响，两年中，重印达8次。1828年，郭沫若翻译了《浮士德》第一部。此后，一些著名的学者和翻译家如郭沫若、汤元吉、胡仁源、周学普等人分别翻译了《浮士德》两卷第二部、《赫尔曼与窦绿苔》、《史推拉》、《克拉维哥》、《哀格蒙特》、《迷娘曲》、《威廉·麦斯特的学习时代》、《歌德对话录》。

歌德作品中反封建、反教会、追求个性解放的精神和中国当时社会的情形基本相似。作品中所表现的反抗精神，正是那时中国革命先驱者的心声，他们正在前仆后继，自然因此引起共鸣。

20世纪80年代到90年代，歌德作品的译本大量涌现，仅《浮士德》的译本就达有5种之多，有钱春绮、董问樵、樊修章、绿原、杨武能的，《少年维特之烦恼》的译本有二三十种之多，《亲和力》的译本也有四五种。可见歌德及他的作品受中国读者的欢迎程度。

歌德及其作品是德国的，欧洲的，也是世界的。

3. 歌德与中国文学

歌德生活的时代，中国还处于闭关锁国的状态。

1781年，歌德读到了一篇法国人写的中国游记，开始关注中国的文学。歌德从图书馆借来有关中国的书籍，试图研究中国的诗歌和戏曲。当时，中国的书籍被翻译走出国门的非常有限，像屈原、李白、曹雪芹等堪称是中国文化代名词的作品，当时并未被介绍到欧洲。

法国文豪伏尔泰于1753—1755年将《赵氏孤儿》改编为新剧《中国孤儿》，1755年8月20日开始在巴黎各剧院上演。随后，英国剧作家默非又据伏尔泰及马约瑟版本，重新改编《中国孤儿》，在伦敦演出，引起极大震动。歌德对剧中人物舍己救孤的忠义之举深深感动，他根据《赵氏孤儿》后半部改编的剧本《埃尔泊若》，于1783年出版，引起轰动。

1796年，歌德读了德译本的中国小说《好逑传》；1817年，他读到英译本的戏剧《老生儿》（戴维斯译）；1827年，他读了英译本小说《花笺记》及其附录《百美新咏》（1824年汤姆斯译）；同年，还读了法译本的《玉娇梨》(雷慕沙译)，英译本《中国短篇小说》(1822年雷慕沙译)等。这些作品在今天看来，其文学价值不是很高，比如《好逑传》是由传教士鲍康宁翻译的，用作初到中国的欧洲人学习汉语的资料。讲的是发生在明朝的一个爱情故事，勤劳朴实的男青年铁中玉与品貌端庄的姑娘水冰心，在经历了许多磨难后结成了夫妻。这些译本不是很准确，歌德却能透过这些不完善的译本领会中国人的思想。歌德在1827年1月31日向爱克曼谈读这些作品的感受："中国人的思想、行为和情感几乎与我们并无二致，所不同的是，在他们那里，一切都显得更为明朗和纯洁，也更符合道德标准。他们的一切都显得明智和中庸，他们清心寡欲心如止水，与我写的《赫尔曼与窦绿苔》和理查生的小说颇多相似之处。"（见爱克曼著，李华编译，《歌德谈话录》，天地出版社，2013年版，117页）他甚至认为东方文化和西方文化是一对"孪生兄弟"。歌德在1827年2月3日所写的日记中深有感慨地说："中国的小说，都有礼教、德行与品貌方面的努力。正因为有这样严正的调教，所以中国才有数千年的悠久历史文明。"歌德喜爱上了中国的文学作品，他对中国小说、戏剧唱词很欣赏。

接触了中国文学的歌德，其作品也深受中国戏曲和小说的影响。比如歌德读了诗体小说《花笺记》后，大大激发了他的创作灵感。《花笺记》是流行于我国广东一带的木鱼词唱本，叙述的是才子佳人的爱情故事。歌德被故事中的人物亲近自然、遵守道德的品性所叹服，被那优美文字营造的语境和委婉曲折的情节所打动，他激情满怀地写下了有着中国意境的抒情诗——《中德四季晨昏杂咏》组诗14首。其中的第8首是咏湖畔月夜（诗文见本书124—125页），其中"暮色""长庚""月影""一池""柳荫"无不具有中国的意象。在诗中，歌德很好地运用了托物抒情的艺术手法，进行了曼妙的艺术渲染，具有浓浓的中国味道，不论是句式还是情境，大有举手情如水、月过风轻盈的意

境幽幽,犹如一幅水墨风情画。这首诗是歌德创作后期的最好的诗歌作品。

《百美新咏》是英译本小说《花笺记》的附录,歌德看到了其中一首唐玄宗曾宠爱过的梅妃作的诗。

梅妃,江姓,名采苹,福建莆田人。开元初年,被高力士选中入宫侍唐玄宗李隆基,备受宠幸。她善属文,性喜梅,居所处处养殖梅花,被李隆基封号梅妃。后受到杨贵妃的排挤,日子过得很不爽。当怀旧的皇帝把进贡的珠宝送给梅妃时,梅妃用这首诗拒绝了。诗文是这样的:

《谢赐珍珠》
桂叶双眉久不描,
残妆和泪污红绡。
长门尽日无梳洗,
何必珍珠慰寂寥。
(见郑在瀛译注,《唐代爱情诗萃》,湖北人民出版社,1996年版,10页)

梅妃在诗中表达了一个失宠的人的生活状态和心理状态,对李隆基的偶尔想起自己,密赐自己的珍珠表示不屑。

歌德看到这首诗后,被梅妃诗文中的伤感所触动,他翻译了这首诗,以表示对梅妃的同情。

承君相爱赠珠翠,
奈我妆台久未临。

自去君旁少相见，

不知梳妆为哪般。

（见叶隽编选，《歌德研究文集》，译林出版社，2014年版，178页）

这首诗的意境被歌德完好地再现出来，体现出一个后宫女子的幽怨之极的心情。歌德还翻译和改写了英文版《百美新咏》中的包括《薛瑶英》在内的三首诗，当年就发表在他自己出版的《艺术与古代》杂志第六卷上，在为这几首诗写的未刊登的引言里，他称《花笺记》为"一部伟大的诗篇"。

这时的歌德已经深深地爱上中国的文学及发生在中国的历史故事，他在汲取着古老的中国文化积淀下来的文学底蕴和文学力量。

二、歌德对世界文学的构想

歌德了解了世界各国的文化，预见了世界文学的到来。歌德的创作已引领了文化的思潮，在世界上形成一股文化的旋风，奠定了德国民族文化的基础。同时，他对世界上各国的文化现象和各自的特点进行分析和体会，融合外在文化的优长，引发他对"世界文学"的思考。

在19世纪20年代，歌德在谈话录中和他的杂志中经常使用"世界文学"这个词。他有着非凡的欧洲文化史知识，有着强烈的世界意识的思想观念。他说，"民族文学在现代算不了很大的一回事，世界文学的时代已快来临了"。（见爱克曼辑录，朱光潜译，《歌德

谈话录》，译林出版社，2021年版，121页）

1. 歌德文学思想的前瞻性

歌德是世界大文豪，是一个站在时代巅峰纵览全人类的胸怀博大的思想者。他不仅有民族之爱，更有人类之思。他认为，诗人的精神情怀不仅是本民族的文化培育出来的，也是世界其他优秀民族文化熏陶的结果。文学艺术是人类的共同财产，是世界各地、各个时代的人们共同创造出来的，各个民族的文学在形成发展过程中总是互相影响着的，人人都在取其精华为自己所用。

从18世纪起，德国文学界的许多人都主张学习法国的古典主义写作文风。歌德却主张学习英国，学习以莎士比亚为代表的、不死守僵死规范的、充满创造活力的创作思想。1771年9月，22岁的青年歌德在一个小型的纪念莎士比亚的会议上做演讲时欣喜若狂地说："我读完他作品的第一页，就已经终身倾心于他了；待到读罢他的第一个剧本，我更像一个天生的盲人，让神手一摸突然之间见到了光明。"（见杨武能译著，《漫游者的夜歌：杨武能译文自选集》，中译出版社，2022年版，52页）他强烈地发出"讲规则"的古典主义束缚了文人的想象力和创造力的呼声。歌德的这一感受和判断完全把握住了欧洲文学发展的方向，这与歌德的大量阅读是分不开的。

歌德通读了德国的文学书籍，研读了希腊、罗马、英国、法国的传世经典。尽管他创作的风格是古典主义，但他对西欧的浪漫主义也是欢迎的。他的小说《威廉·麦斯特的漫游时代》中就有个理想国，因为他想看到人类前途的光明。他还把阅读目光投向东方，他读了大量中国、印度、波斯、阿拉伯等国家和地区的作品。他在接触两种不同文学和文化的时候，发现了二者之间的相同相通的地方，从而产生亲近感。

歌德对中国的研究是以游记和他能接触到的零散的文学作品开始的。1781年，他读到一篇法国人写的中国游记之后开始对中国文化感兴趣，从此一发不可收拾。他不仅陶醉在中国文化的氤氲氛围中，还进行了深入探讨。特别是读到《花笺记》后，被其中的人物语言和情节舒缓之美深深打动，他写出优美的抒情诗《中德四季晨昏杂咏》组诗14首，这是歌德后期最好的有着中国味道的抒情诗。歌德还把阅读其他民族优秀文学作品的体会融入自己的创作中，《西东诗集》是歌德反复读颂伟大的波斯诗人哈菲兹(1326—1390)诗集的德文译本之后，并以哈菲兹的诗作风格写就的大量诗歌集结而成。

《西东诗集》（1819）、《中德四季晨昏杂咏》（1830）这两个作品是他的"世界文学"构想的亲身的体验和创作的实践，也是他倡导的文学世界性的最有特色的诗集。

2.世界文学的提出与耕耘

歌德是一个伟大的诗人和智者，晚年的他在与爱克曼的谈话中，有这样一段话："作为一个人和一个公民，诗人会爱他的祖国；但他在其中发挥诗的才能和效用的祖国，却是不限于某个特殊地区或国度的那种善、高尚和美。"（见爱克曼辑录，朱光潜译，《歌德谈话录》，译林出版社，2021年版，277页）这标志着歌德的文化教养和美学追求，其善、美和崇高的价值是没有国界的。

1830年3月，歌德写出一个提纲，把自己的想法公之于世，提出了"世界文学"的概念,并因之产生了无限的遐想和憧憬。他说:"我相信,一种世界文学正在形成,所有的民族都对此表示欢迎,并且都迈出了令人高兴的步子。""现在,民族文学已经不是十分重要,世界文学的时代已经开始,每个人都必须为加速这一时代而努力。"(见范大灿编,范大灿等译,《歌德论文学艺术》,上海人民出版社,2017年版,579-580页)这是歌德不仅超越民族,而且超越欧洲疆界,突破欧洲文化中心论的振聋发聩之言。不难看出,歌德这里指的不仅仅是文学,而是展望一种适合人类生存和发展的世界愿景。无独有偶,歌德的亲密盟友席勒创作的《欢乐颂》,经过作曲家贝多芬的加盟并谱曲,成为响彻全球的《第九交响曲》第四乐章,这与歌德的"世界文学"的伟大构想有着异曲同工之妙。

歌德在为世界文学的到来努力着,他身体力行地实践着他的构想。

歌德站在德国文学的角度研究着法国文学和英国文学,也研究着其他的民族文学。他认为世界上任何一个国家和民族的文化,都有着丰富的具有特色的文化现象本源,不能共享人类的美好成果是悲哀的。他对法国的《环球》杂志和《法兰西评论》上的文章很感兴趣,因为他看到了一种适合两国思想交流的平台。他撰稿发表了题为《两个世界的评论》文章,他在积极地做一名交流思想文化的使者。

82岁时的歌德

歌德和世界各国的文学大家们频繁交往着。歌德的声望与日俱增，各国作家纷纷来到魏玛拜访歌德，有英国的萨克雷、波兰的密茨凯维奇、美国的爱默生。英国大诗人拜伦和大作家瓦尔特·司各特跟歌德频繁通信交流思想。歌德在与世界文学大家们的交流中阐述着自己的观点，他认为，"每一国文学如果让自己孤立，就会终于枯萎，除非它从参预外国文学来吸取新生力量"（见朱光潜著，《朱光潜全集第7卷》，安徽教育出版社，1991年版，88页），并且号召每个人都应该努力促使它快一点来临。他坚信，世界文学的产生是人类文化发展走向的必然结果。

歌德是一位创造了自己国家的文学并且光耀了欧洲文学的当代文学泰斗。他以一个作家的视觉和触感意识到世界文学的即将到来，并为之做了正确的引导，做出了不懈的努力，这是歌德不同于任何时代作家的地方，他是一个有着前瞻性的伟大的思想者。

第五部分 | 主要作品介绍

我感到我已有闯荡世界的勇气，
去把人世间的苦与乐担当。

《少年维特之烦恼》

　　《少年维特之烦恼》是德国文学中第一部在世界范围内产生了巨大影响的作品，被视为"狂飙突进运动"时期最重要的小说。它在当时德国混乱而浮躁的社会现实中透出顽强的生命活力。小说表达了一代青年要求摆脱封建思想的束缚、建立合乎自然的社会秩序和平等的人际关系、实现人生价值的心声，体现了当时德国进步青年的愿望。这部小说发表后引起青年人的强烈共鸣，受到了青年人的欢迎，很快形成一股"维特热"，风靡欧洲。《少年维特之烦恼》这部小说奠定了歌德在世界文坛上的地位。

1. 时代背景

　　18世纪下半叶，德国社会发展到了一个新的历史阶段，市民阶层和贵族阶级的矛盾日益加深。德国的一批年轻知识分子在法国启蒙运动思想家卢梭的影响下，渴望自由、平等、民主、博爱。他们要摆脱封建束缚、解放个性，要建立符合时代的社会秩序。他们对封建专制暴政和不平等的社会制度发起了反抗活动。由于缺少爆发政治革命的条件，青年们主要在文学领域展开了运动，这就是著名的"狂飙突进运动"。"狂飙突进运动"促进了德国民族意识的觉醒。歌德的小说《少年维特之烦恼》正是在这样的背景之下产生的，它作为文学运动的创作成果推动了"狂飙突进运动"的发展。

　　《少年维特之烦恼》发表在法国大革命之前的1774年。当时欧洲正处在从封建社会向资本主义社会过渡的转折期，欧洲的社会、文化、思想正面临着伟大的历史转折，封建社会的彻底崩溃已是无可挽回，资本主义时代正微露晨曦。但是德国的状况却与此形成了鲜明的对照。德意志民族的神圣罗马帝国四分五裂，封建割据邦国林立，战乱连绵不断，农业、手工业、商业纷纷凋敝，封建势力根深蒂固，人民在苦难中呻吟。一方面，市民阶级经历了文艺复兴和启蒙运动，阶级意识开始觉醒，特别是青年一代，强烈要求改变自身政治上无权和社会地位低下的处境，认为人与人之间应该是"自然的""平等的"，并以"个性解放"和"感情自由"来反对封建伦理道德和等级制度，反对封建思想意识的束缚；另一方面，贵族阶级还很强大，尤其在德国，他们还牢牢控制着社会生活的各个方面。在这种现实面前，年轻又软弱的资产阶级普遍滋生出悲观失望、伤感多愁、愤世嫉俗的情绪，甚至愤愤自杀。这就是18世纪后期感伤主义文学形成的现实基础。歌德运用现实主义的创作方法，在《少年维特之烦恼》中以第一人称真实地记录了当代青年心灵深处的隐秘，深刻地揭示了这个时期的社会特点，体现了"狂飙突进"的精神。

1772年5月，歌德按照父亲的意愿到韦茨拉尔的帝国最高法院实习。当时德意志各邦国都在这里设公使馆，歌德结交了一批公使馆的年轻官员，如克斯特纳、耶路撒冷等。歌德不喜欢法律，加上上司对他工作的吹毛求疵，同事的戒备提防，他对这个职业更是兴致索然。

1772年6月9日，歌德在去郊外参加舞会的路上认识了当地法官亨利·布胡的大女儿夏绿蒂。夏绿蒂19岁，在家中担负着照顾亡母遗下的弟妹的责任。她温婉的仪表和贤淑的品德摄住了歌德的心。那次舞会后，歌德的心里装满了夏绿蒂。可是，夏绿蒂已经订婚，夏绿蒂也明确表示只能给歌德以友谊。正当歌德痛不欲生的时候，他的好友耶路撒冷因热恋一个朋友的妻子，无法排解情感，便借了朋友的手枪，在1772年10月30日的夜里自杀了。耶路撒冷的自杀，歌德对夏绿蒂的单相思及在韦茨拉尔工作期间的体验和遭遇，再加上他这几年来压抑的心情，是歌德创作《少年维特之烦恼》的起因。

《少年维特之烦恼》是歌德青年时期最早的、最好的作品。歌德于1774年2月开始动笔，只用了4个星期就完成了写作，于1774年秋出版。作品体裁为书信体小说，描写了一个有理想、有才能的进步青年维特在平庸、鄙陋的现实社会中，因怀才不遇和失恋而自杀的故事。歌德通过维特这个叛逆者与周围环境之间的矛盾，对当时德国社会的各种丑恶现象进行了深刻的批判，对封建的德国社会秩序进行了公开的挑战。小说突出反映了德国当时进步青年的思想情绪，引发了感伤主义文学的流行，促进了"狂飙突进"文学运动的开展。

《少年维特之烦恼》是一部用第一人称写成的书信体小说。全书共分三部分：第一、第二部分由主人公维特给友人威廉和女友绿蒂的书信构成，第三部分是本书"编者"威廉写的后记。小说没有惊心动魄的情节，只是用极其细腻的笔触描写了主人公维特的社会遭遇，特别是他不幸的恋爱经历。

2. 故事梗概

为了摆脱生活的烦恼，少年维特在这年5月份的一天离开了家庭和很要好的朋友威廉，独自来到一个陌生的天堂般的小城市。

城郊有一座建在小丘上的房子，周围群山环绕，景色十分秀美。当时正值五月，山谷里的雾气在蒸腾，太阳高悬在那片树林上空。

几束阳光射进树林中，把草上的露水映得熠熠发光。溪边的野草听那鸟儿、虫儿的私语，享受着那奇异的自然世界。维特被这寂寥雅致的环境吸引住了，在这儿住了下来。

房前小丘下有一眼泉水，泉水从山下的大理石岩缝中喷涌而出，清澈透明。泉水四周砌了矮矮的井栏，大树的浓荫覆盖着周围的地面，凉爽宜人。维特每天都到这幽静的地方来坐一小时，看着城里的姑娘们来这儿打水。井畔的清凉让人神清气爽，他的眼前浮现出古代宗法社会的情景：先祖们在水井旁结识、联姻，仁慈的精灵翱翔在清泉的上空。

维特逐渐认识了许多当地人，他爱和他们一起聊天，他们也喜欢维特、疼爱维特。他们或一起品尝佳肴，坦诚畅叙，开怀笑谈，或适时安排郊游，组织舞会。维特最喜欢和孩子们一起玩耍，觉得他们是那样的天真纯洁。这样的时光没有人情世故的烦忧。

离城大约一小时路程，有一个小村庄，叫瓦尔海姆，坐落在山坡上。村子中间有一个小教堂，还有一个酒店。两株菩提树伸展的枝丫覆盖了教堂前的农舍、谷仓和场院。这是一个很惬意的休息场所。维特常常让侍者从酒店里把小桌子和小椅子搬到菩提树下，边喝咖啡，边读那庄严宁静的《荷马史诗》。

一天下午，维特来到菩提树下，大家都下地干活儿去了，只有两个儿童坐在地上。一个大约4岁，一个才半岁的样子，小的偎依在大的怀里，黑眼睛在活泼地东看西望，但却一直安静地坐着。维特觉得这个景象自然可爱，便在对面的一张耕犁上坐下，兴致勃勃地画下了这兄弟俩的姿态。

又一天，维特正在这儿踯躅，隔壁屋里出来一个青年农民，动手修理不久前维特画过的那张犁。维特便去同他攀谈，询问他的生活情况，不一会儿他们就熟了。那农夫告诉维特，他在一个已不年轻的寡妇家里做工，她对他很好。他讲了很多关于她的事，对她赞不绝口，维特觉察到他对她已经爱得刻骨铭心了。他说："她被她前夫虐待过，不想再嫁了。"最后才讲，他多么希望她选择自己做她的丈夫，消除她前夫给她留下的创伤。这如此纯洁的企盼、感人肺腑的情景在维特的灵魂深处腾起了烈焰，这幅忠贞不渝、柔情似水的景象让维特自己也好像燃起了企盼和渴慕的激情。

这里的年轻人要举行一次乡村舞会，维特叫了一辆马车带上美貌的女舞伴和她的堂姐一同前往。走在路上，女舞伴对维特说，她要邀请绿蒂一道走。她说道："你将认识一位漂亮的小姐了。"马车穿过一片稀疏的大树林向庄园驶去。女舞伴说："你得小心。"堂姐插话说："别堕入情网呀！""为什么？"维特问。舞伴答道："她已经订婚了，同一个挺棒的小伙子订婚了，不过那个小伙子现在不在家，他父亲死了，他去料理后事去了。"维特听着，对于这个消息一点儿也没介意。绿蒂的父亲是个侯爵，在城里当法官，妻子死后才把家从城里迁到乡间的庄园来。

马车到了庄园门口的时候，太阳还没落山，天气很闷热。维特下了车，由女仆领着穿过院子，朝精心建造的屋子走去。上了屋前的台阶，正要进门时，一幕动人的景象跃入他的眼帘。

这是一间大屋子，屋中一张桌子旁，有好几个孩子围拥着一位容貌秀丽的姑娘。姑娘中等身材,风姿绰约,穿一件简朴的白色衣服，袖口和胸襟上系着粉红色的蝴蝶结，衬托出体态的轻盈优雅。她手里拿着一个面包，根据孩子的年龄切好大小不等的面包块，亲切地分给他们。弟妹们都向她张着小手，像雏鸟一样等待哺育，等拿到了自己的那一块，天真地说声"谢谢"，便蹦着跳着跑开了。

看到维特一行人进来，她略带歉意地说："对不起，让你们久等了。刚才换衣服，又整理了一下屋子，就忘了给我的弟妹们分面包了，他们不要别人切的面包，只要我切的。"

维特随便客套了几句，他的整个灵魂全都停留在她的容貌、声调和举止上了。孩子们站在离维特不太远的地方看着维特，年纪最小的孩子脸蛋特别惹人喜爱，维特便朝他走去。这时绿蒂正好从房里出来，说："路易斯，跟这位表哥握握手。"这孩子便落落大方地同维特握了手，维特情不自禁，就亲昵地吻了他。维特向绿蒂伸出手，说："你认为我有这份福气做您的亲戚吗？"绿蒂莞尔："我们的表兄弟多着呢，倘若你是表兄弟中最差劲的一个，那我会感到遗憾的。"

路上，他们热烈地交谈起来。绿蒂也看过许多书，她很有见地，能正确地评价一些作品。维特竭力掩饰自己的激动，情不自禁地谈起威克菲尔德牧师。维特谈得起劲儿，把同车的另外两个姑娘都给忘了。

到了舞场，维特连续跟几个姑娘跳了舞，他觉得她们都太笨了。轮到图形舞大家一起跳时，维特心里那份惬意呀——看，绿蒂的舞跳得那么投入，她的全部身心都融入了舞蹈，她的整个身体显得非常和谐，她是那么逍遥自在，那么飘逸潇洒，仿佛跳舞就是一切。维特请她跳舞，她说最喜欢跳德国舞。维特随即握住她的手，约定跳到最后。开始跳华尔兹了，她跳得又轻快又动人，维特从未感到如此怡然轻快过，维特已飘然欲仙了，好像这个世界上就只有他们两个人似的。在跳英国舞的时候，一个中年妇女跳到绿蒂身边时连说了两声"阿伯尔"。维特问绿蒂："阿伯尔是谁？"绿蒂说："阿伯尔是一个好人，我和他已经订了婚。"绿蒂订婚一事女舞伴已经告诉维特了，只是维特并没有把这消息同眼前的绿蒂联系起来，但现在她在维特心中已经变得无比宝贵。维特这时方寸大乱，魂不守舍，把整个舞场都跳得混乱了，多亏绿蒂沉着镇定，将维特连拉带拽，才使秩序迅速得以恢复。

舞会结束了。维特同绿蒂告别时，请求她允许自己再去看她，得到了她的首肯后，维特就离开了。从此，日月星辰悄悄地升又悄悄地落，维特却不知白天和黑夜，周围的世界仿佛都消失了，他的心中只有绿蒂的形象。

维特把家搬到了瓦尔海姆，这儿距离绿蒂的家只有半个小时的路程。维特几乎天天都到绿蒂家里，与她的弟妹们玩耍，和他们成了要好的朋友。维特在他们的做事中看到了他们品德的美好和高尚，在他们的执拗中看出了他们性格的坚定和刚毅，在他们的任性和乐观中看出了他们足以化解世道险阻的良好的心态和洒脱的风度。而这一切又是如此纯洁，点污未沾。此时，维特体验着人生的一切幸福。从山丘上眺望美丽的山谷，周围的景色让他着迷。小树林的树荫下可以小憩，山峦之巅可以远眺辽阔的原野，连绵不断的山丘和可爱的山谷让人流连忘返。

城里一个女人病得快死了，在她生命的最后时刻想要绿蒂待在身边。维特感到自己的心情比那将死的人还要痛苦，虽然维特还能经常跑去看绿蒂。

维特对绿蒂的爱是那样深沉，早上起来，对着初升的太阳，他唯一的愿望就是去见她。如果因为有事缠身不能去，他就要把这天见过她的人唤来，因为这人的脸和衣服曾有幸被她的目光注视过。

一天，他们许多人一起出去游玩，男的步行，女的乘马车。维特站在那儿看绿蒂上车，他的全部心思都陶醉在看她的目光里，可她的眼睛却偏偏不落在维特身上！马车走了，维特眼含泪水，目光跟随着她的马车。突然，他看见车窗露出绿蒂的头饰，她转过头来，在张望。"啊，是看我吗？"维特心中叫道，他从她乌黑发亮的眸子里看出她对自己命运的关心，感到无限幸福。

他们在一起的时候，当他的手指无意间触到她的手指，或者他们的脚在桌底下相碰的时候，啊，热血便在维特全身奔涌，维特像触着火一样，感到晕乎乎的，像腾云驾雾一样。当绿蒂谈话时把手搁在维特的手上，嘴里呼出美妙绝伦的气息，这时的维特就如被电击一样，全身一阵战栗。她纯洁无瑕，她的灵魂毫不拘谨，全然感觉不到这些细小的亲密举动使维特受到的折磨。在维特心目中，她是神圣的。在绿蒂面前，他的一切欲念都沉寂了。

早上醒来，维特愉快地望着美丽的太阳喊道："我要去看她！"一整天就再也不想干别的了，一切的一切都交织在这期望中了。他无比快乐，对大自然一块小石子、一棵小草的感觉也如此充盈、如此亲切。

维特动手画绿蒂的肖像，都不满意，后来维特就为她剪了一幅剪影。维特在沸腾、焦灼的情感中已是神魂颠倒了。然而这时，绿蒂的未婚夫阿伯尔回来了。

维特与绿蒂和阿伯尔

阿伯尔是一个沉静、理智、英俊、可爱的人，凡事都遵循常理，很注意自己的言行，从来不感情冲动。阿伯尔很爱绿蒂，他爱她的柔善、勤勉，她的母性的美。

阿伯尔沉着的外表

同维特无法掩饰的性格形成了十分鲜明的对照。维特知道自己不能够过多地接近绿蒂了,他悲哀地感到待在绿蒂身边的快乐时光已经过去了。但他忍不住,走着走着,不知不觉就到了绿蒂家。看到阿伯尔陪着绿蒂在花园的凉亭里坐着,他就知道不能再往前走了。每当发现她一人独处时,维特就喜不自胜。

绿蒂虽也有维特般激越的情感,但她安于既成事实,不愿再辟新路。

阿伯尔对维特很好,他们一起散步,他向维特谈起绿蒂贤淑的母亲,母亲临终前把家和孩子都交付给绿蒂,又把绿蒂托付给自己。从那时起,绿蒂体现出完全不同的精神面貌,她井井有条地料理家务,严肃认真地照看弟妹,俨然成了一位真正的母亲。她时刻怀着热烈的爱心,兢兢业业地劳动,然而,难得的是她并没有失去活泼的神情和无忧无虑的天性。

阿伯尔在侯爵府上找了个薪俸颇丰的职位。他办事兢兢业业、有条不紊,很讨人喜欢。阿伯尔要在这里住下了。

8月里的一天,天气很好,维特想骑马到山上遛一遛,就到阿伯尔那儿去告别。维特在他房间里看到一把手枪,很感兴趣,"把手枪借给我吧,"维特说,"我出门好用。"便拿起来摆弄,将枪口对准自己的额头。阿伯尔瞥见,马上一把夺了去,叫道:"你要干什么?"

维特说:"枪里没装弹药。""那也不能这样。"阿伯尔还极不耐烦地加了一句,"我不能想象,竟有人愚蠢到要自杀,单是这种念头就让人恶心。"

"人就是这样。"维特冷冷地说,"当碰到什么事情,马上就要说,这是愚蠢,那是聪明;这是善,那是恶。到底这事是什么原因引起的,却不去追究。要是真知道了原因,恐怕就不会那么轻易地下判断了。"

"你得承认,"阿伯尔说,"某些行为的发生无论出于什么动机,其本身就是一种罪恶。"

维特耸了耸肩,说:"这里也有例外,比如说偷盗是一种罪恶,但有的人偷盗却是为了把他的亲人从饥饿中解救出来。你说这种人是该受怜悯呢,还是该受惩罚?对于那种因不可抑制的爱情而失身的女子,就是法律也要体恤,冷血的道学家也要感动的。"

"那是另外一回事。"阿伯尔回答说,"因为一个人受了激情的驱使,失去了理智,只能把他看作醉汉、看作疯子。"

"哟,你们这些有理智的人。"维特禁不住叫道,"激情!酩酊大醉!疯狂!你们这些品行端正的人,连一点儿同情心也没有!我可是不止醉过一次。我觉得,凡是为成就伟大事业,做了看似不可能的事的,都是出类拔萃的人,可是他们却从来都被骂作醉汉和疯子。"

"你这又在异想天开了。"阿伯尔打断他,"你就喜欢夸张,怎么把自杀扯到事业上去了?"停了一下,他又说:"自杀不管怎么说都是懦弱的表现,因为比起顽强地忍受痛苦生活的煎熬,死当然要轻松得多。"

维特用力压住心头的火,说道:"你说自杀是软弱?我请你不要被表面现象所迷惑。一个民族,一个在难以忍受的暴君压迫下呻吟的民族,当他终于奋起砸碎自己身上的锁链时,难道你能说这是软弱吗?一个人家宅失火,他大惊之下鼓足力气,轻易地搬开了他头脑冷静时几乎不可能挪动的重物;一个人受到侮辱时,一怒之下竟同6个对手较量起来,并将他们一一制服,能说这样的人是软弱吗?"

阿伯尔凝视着维特,说:"怪论,你举的这些例子,在我看来和我们讨论的事是风马牛不相及的。"

"不见得有这么怪吧？"维特接口道，"人的天性都有其局限，它可以经受欢乐、悲伤、痛苦到一定的限度，一旦超过这个限度，它就将毁灭。"维特继续说："无论是在道义上或肉体上，我认为，把一个自杀者说成是懦夫，正如把一个死于恶性热病的人称为胆小鬼一样，都是不合适的，这两种说法同样是离奇的。"维特举了前不久一个女子因失恋而投水自杀的例子，来说明人如果寻不到出路就不得不死。但他无论如何也说服不了阿伯尔。最后，维特感慨万千，便戴上帽子和阿伯尔分开了。在这个世界上一个人要理解另一个人是多么不容易呀！

生机盎然的大自然让维特心里充满了温馨之情。这种温情曾为维特倾注过无数的欢乐，使他周围环境变成了伊甸园。可如今维特却成了一个令人难以忍受的、专给别人制造痛苦的人，成了一个折磨人的精灵。那草木茂盛的山麓，那蜿蜒逶迤的峡谷，那悠然流泻的河流，那倒映在水中的美丽的云彩，都使维特感到自身的渺小，感到不自在，无力量。

清晨，维特从梦中醒来，保持着向绿蒂伸出双臂的姿势，结果是竹篮子打水；夜里，维特梦见自己坐在绿蒂的身旁，千百遍地吻她的手，醒来后的维特在床上找她，床上却只有他一个人。一股心酸由维特压抑的心中迸涌而出，面对昏暗的前程，维特绝望地哭了。

维特生日那天，一大早就收到阿伯尔的一个小包裹。打开包裹，一个粉红色的蝴蝶结映入眼帘。维特与绿蒂初次相识时，她胸襟上就结着这个蝴蝶结。包裹里还有两本荷马诗集，这些东西，都是维特早就想要的。看到他们这样善察人意，总是想方设法送自己喜爱的一些小礼品，以表达他们的友情，维特心中更加难过。忧郁和沉闷压抑着维特，维特必然得走开。

近两星期以来，维特反复考虑离开绿蒂的事情。维特的朋友威廉来信劝维特离去，维特感谢他坚定了自己犹豫的心。9月里的一天，维特终于决定离开绿蒂了。

这天，维特约阿伯尔和绿蒂晚饭后一起到花园里坐坐。

维特早早地吃了晚饭，来到他们常去的山坡草坪上。维特沉浸在离别的惆怅和再次见面的欢愉中，思绪万千。大约等了半小时，就听到他们的脚步声。维特便跑着迎了上去，怀着战栗的心情吻了绿蒂的手。

月亮从郁郁葱葱的山冈后面升上来，银光笼罩着山谷。他们漫无边际地闲聊，不觉间来到了黑黝黝的凉亭前。绿蒂走进去，坐了下来。阿伯尔挨着她而坐，维特也坐在她身边。可是，维特心情不安，难以久坐，便站起身来，在绿蒂面前来回走了一阵，又重新坐下。绿蒂首先开口，话语中流露出忧伤。"维特每次在月光下散步总会想起过世的亲人，死亡、未来等问题总会袭上我的心头。我们都是要死的！"她转向维特，声音里充满了感情，"可是，维特，我们死后还会重逢吗？会重新认得出来吗？你怎么想？你怎么说？"

"绿蒂，"维特握住她的手，眼中闪动着泪花，"我们会再见的！会在这里或别处再见的！"

"过世的亲人是否知道，是否感觉得到，我们幸福的时候总是怀着温馨的爱追念他们呢？啊！在静静的夜晚，坐在妈妈的孩子中间，坐在我的弟妹中间，我母亲的身影就会浮现在我的眼前。我在她临终的时候，发誓做她孩子的母亲，我是尽我所能地做了一切。啊！敬爱的母亲，您要能看见我们的和睦，您一定会怀着最热烈的感激之情赞美上帝，赞美您含着最后痛苦的泪水祈求他保佑您孩子的主。"

"你太激动了，可爱的绿蒂！"阿伯尔温柔地插话说，"你心里总在想着这些事，但是，我求你……"

但绿蒂继续讲了下去："上帝知道我的泪，我常常跪在床前含泪祈求上帝，使我马上能代替母亲抚养弟妹。"

"绿蒂！"维特喊着跪倒在她跟前，拿起她的手，自己的热泪落到她的手上，"绿蒂！上帝会赐福给你，你妈妈的灵魂也会保佑你！"

"你要是认识她该多好，"她一边说，一边握住维特的手，"她是值得你认识的！"听了这话，维特差点晕了，还从来没有人以如此崇高、如此敬佩的话称赞过他呢。

"上帝呀！有时我想，当生活中最爱的人让人抬走的时候，最感到伤心的是孩子，很久以后他们还在抱怨穿黑衣服的人抬走了妈妈！"她站起身来，"我们走吧，夜已经深了。"

维特浑身发抖，紧紧握着她的手。"我们会再见的！我们一定会再见的，无论变成什么样子,我们都彼此认得！"他站起来,说道："我走了，我是心甘情愿地走的。再见吧，绿蒂！再见吧，阿伯尔！"

绿蒂戏谑地说："我们明天再见吧。"她把手抽回去，与阿伯尔一起朝林荫道走去。

维特目送他们在月光中离去，扑倒在地，放声大哭，随后又一跃而起，奔上坡台，站在这里还看得见下面高大的菩提树的阴影，看得见她的白衣服在树荫中闪动。维特伸出双臂，但她的身影已经消失了。

10月20日，维特来到公使馆，当了办事员。维特希望在工作中求得解脱。

公使是一个墨守成规又十分迂腐多疑的人,他从来没有满意的时候,对谁都看不顺眼,唠叨得跟老太婆一样。每次维特把拟好的文件交给他,他总是说:"好是好,但是请你再看一遍,或许还会有更好的字句,更简洁的冠词。"同这种人共事,维特感到很苦恼。

在这里,维特发现了许多金玉其外、败絮其中的家伙,他们热衷的只是地位,他们的事业就是互相警戒提防,唯恐别人先逾一步。但也有另外一些人。维特认识了一位伯爵,他思想开明,很有抱负,维特对他的敬重与日俱增。在他们的交往中,伯爵表现出极重友情、富有爱心的品质。维特很尊敬他,他的友谊给了维特很大的安慰。

不久,维特散步时认识了一位冯·B小姐。她是位可爱的姑娘,在呆板的生活环境中仍保持着许多自然的天性,他们谈得很投机。之后他还登门拜访了她。她不是本地人,住在这里的姑妈家。

维特虽然有殷实的家产,受过很好的教育,但由于出身市民阶层,便被贵族们看不起。维特恨透了那该死的阶级差别,他的聪明才智一点也得不到施展。他在给绿蒂的信中说:"我现在陷入了混乱的状态之中!我在可悲的巢穴里,周旋于陌生的、对我的心来说是完全陌生的人群中。我的神智完全枯竭了!我的心没有片刻的充实,也没有片刻的欢乐!什么也没有!什么也没有……这里我发现的唯一有趣的女性就是冯·B小姐。她很像你,感情很丰富。有时候我们一起幻想纯净幸福的乡村生活;啊,还谈到了您!她很喜欢听我谈起您。"

3月里的一天,维特到伯爵家去吃饭。恰巧这天晚上贵族社会的先生太太们要在伯爵家聚会,伯爵在大厅里同客人们闲谈。聚会的时间就快到了,客人们越来越多了,有肥胖如鹅的小姐,有穿着古式大礼服的侯爵老爷。维特从心里就反感,正准备向伯爵告辞时,冯·B小姐进来了，所以他就没有走，站在她的椅子后面和她说话。过了一阵子他才发现，她说话的神情没有平时那么坦率，而且有点发窘。维特和几个认识的人交谈，他们个个也都只有三言两语，一副爱理不理的样子。维特注意到大家都带着傲慢的神情看着自己。终于，一位夫人跟伯爵说了几句话，伯爵随即走到维特身边，把他带到窗前，说："我们这种奇特的关系你是知道的，我发现，参加聚会的人都不愿意在这儿见到你……"维特没等他说完，便说："对不起！我本该早就想到的，我早就应该告辞了。"他鞠躬告别，悄悄溜出，坐上一辆马车，跑到山上去了。

这一来，维特成了众人注目的对象了，他不管走到哪里，都能看到嘲笑的眼光，听到讥讽的话。

第二天，维特在林荫道上遇到冯·B小姐并向她表明，她最近的态度使自己受到极大的伤害。"哦，维特！"她用一种亲密的声调说，"你是知道我的心的人，你不知道我难过吗？从我踏进大厅的一刻起，看见你在那儿，我多么难过啊！"泪水从她脸上流下来，她擦了擦，又说："我姑妈你是认识的，她当时在场，她是以什么样的眼光看着你的哟！维特，昨天夜里我忍了一晚上，今天早上我因为我们交往的事挨了一顿教训，我不得不听着她贬低你、侮辱你，我只能也只允许我为你进行一点点辩白。"她的每一句话，都像利剑一样刺在维特心上。

维特再也不能忍受了！他没有和任何人商量，毅然辞去了公职，同一位与他交情比较好的侯爵一起到他的庄园上去了。

途经故乡，他重温往日那些充满幸福梦想的日子。那时的他渴望到外面的世界去，希望渴慕的胸怀得到充实和满足。可现在，他带着破灭了的希望从外面的"世界"回来了。这令人失望的现实啊！

回到城里的维特来到了侯爵的猎庄上。侯爵为人真诚、纯朴，他对维特很好。但他周围的人却很奇怪，不能理解他。侯爵所谈之事往往是道听途说的或是书上看到的，没有他自己的见解。虽然他也很看重维特的智慧和才能，却不了解维特的心。那颗心是维特唯一的骄傲，是一切力量、一切幸福和一切痛苦的源泉。这使得维特无法在他的领地上长住下去。

维特的心牵引着他回到瓦尔海姆。这时绿蒂和阿伯尔已经结婚了，维特只能在睡梦中、在幻想中去追寻人生的快乐。

天已入秋，树上的叶子都枯黄了，飘零了。维特的心中也是一片秋色。

维特去看望菩提树下的那家人，想见见他画过的那两个孩子，但孩子的母亲告诉他，她的小儿子已经死了。

维特又去打听和他交谈过的那个年轻的农夫，听说农夫已经被解雇了。这一天，维特在通往另一个村子的路上遇见了那个农夫。

农夫向维特讲了自己的故事：我对女东家的恋情与日俱增，整天魂不守舍，直到吃不下饭，睡不着觉。终于有一天，我走进她的卧室，向她表白了爱情，希望同她结婚，终身侍奉她。但女主人的弟弟来了，他早就怀恨我，因为他担心他姐姐和我再婚后会把遗产夺了去。因此她弟弟就把我赶出了家门，并且把事情闹得沸沸扬扬，使得女东家即使想要再雇我也不可能了。现在她又另雇了一个长工，据说她为了这个长工又同弟弟吵翻了，她弟弟坚决不让她再嫁人。

维特很同情这个农夫的不幸遭遇，可他自己的命运不也同样不幸吗？

维特最初同绿蒂跳舞时所穿的青色燕尾服，已经旧得不成样子了，他好不容易才下决心换了它，又做了一套一模一样的穿在身上，还配了黄坎肩和黄裤子，但他还是觉得没有旧的穿着称心。

一天，维特走进绿蒂的房间，绿蒂迎了上来，维特欣喜若狂地吻了她的手。他想去拥抱绿蒂，想了有千百回，可见到她时却又不敢伸手。他躺在床上，有时绝望起来，真想在床上长眠下去，从此不再醒来。

他开始无节制地喝起酒来，一喝就是一瓶。每当这时，绿蒂总是忧郁地说："你不要这样喝！你也应该想想绿蒂呀！""想到你？"他答道，"这何消说，我是在想你呀！不，我不是在想，你本来就在我的心里。"绿蒂怕他再说下去，就扯起了别的，引开话题，免得就此事一个劲儿谈下去。

有一天，维特要走时，绿蒂握着他的手说了声："再见，亲爱的维特！"维特激动万分，她还是第一次说"亲爱的"。维特把这话念叨了上百回，晚上要睡觉的时候，他自言自语了一阵，忽然说道："晚安，亲爱的维特！"说完连他自己都禁不住笑了。

冬天来了，花草都枯死了，一片荒凉。一天中午，维特不想吃饭，独自到河边溜达。远远的有一个身穿绿色旧外套的人在岩石间爬来爬去，好像在寻找什么野花野草。维特朝他走去问道："你在找什么？"

那人回过头来，带着悲哀的神情叹口气说："我在找花，可是一朵也找不到。"

维特觉得好笑："现在可不是开花的季节呀！""花多得很哩。"他说，"在野外，花总是有的，黄的、蓝的、红的都有，矢车菊开的是小花，漂亮极了，可惜我一株也没找到。"

"你要花干什么呢？"维特感到有点奇怪。

他脸上浮现出一种莫名其妙的怪笑，把指头放在嘴唇上，说："你不要泄露给别人，我答应要给我的心上人一束鲜花的。"

"你自然是幸福的过来人了？"维特问道。

"那时我的日子真不错，过得轻松愉快，简直如鱼得水。"

"亨利！"随着呼唤声，一个老妇人从路上走来，"亨利！我们到处找你，该回家吃饭了。"维特走过去跟她搭话，知道了这人是她的儿子，得疯病已经一年多了。"他自己说，有段时间他生活得很幸福，很自在，那究竟是什么时候呢？"维特问。她带着哀怜的微笑说道："他是在说他疯了的那个时候哩，那时他被关在疯人院里，神志完全不清。"

这句话好像一声惊雷打在维特的心上，他往老妇人手里塞了一枚钱币，恍恍惚惚地往城里走去，心里叫道："天上的上帝啊，人只有在获得理智以前或者丧失理智以后才能幸福，难道这就是你安排给人的命运？"

下雪了，雪花落满了原野。绿蒂的父亲病了，她去看望父亲。第二天清早，维特也去法官家看望她的父亲，他心想，要是阿伯尔不来接她，他就陪她回家。他进了法官家，发现一家人的情绪都很激动。最大的男孩告诉他，在瓦尔海姆刚发生了一桩谋杀案件，一个农夫被人杀死了。据说死者是一个寡妇的雇工，还说凶手是寡妇从前雇用过的另一个人，对她家有些仇恨。维特听了这些情况，心里猛地一震，他急匆匆地往瓦尔海姆跑去。

路过菩提树下时，他看到那里有一摊鲜血。他走近酒店，全村的人都聚在那儿，尸首放在酒店前面。一群全副武装的人押着犯人走过来了。犯人就是那个对寡妇爱得刻骨铭心的长工。维特跑到犯人跟前，叫道："不幸的朋友！你怎么做出这样的事情来！"犯人默默地看了看他，泰然自若地说："谁都别想得到她，她也别想嫁人。"

犯人被押进酒店，维特便匆匆地离开了这儿。一路上他只有一个念头："我一定要救他！"

他回到法官家里，阿伯尔已在那儿了。维特很失望，不过他立刻重新振作起精神，激昂慷慨地向法官——绿蒂的父亲陈述了自己的看法，激烈地为犯人辩护。但法官更猛烈地反对他，说他庇护杀人犯，有损法律和国家的治安。阿伯尔也站在法官一边反对维特。维特只得懊丧地告辞了。

回到家，他在一张纸条上写下了这样一句话："不幸的朋友呀，你是罪不可赦，我晓得，我们终是罪不可赦。"

夜幕将要降临时，绿蒂与阿伯尔步行回家。阿伯尔对她说："我们应该疏远维特点儿。我求你，让他少到我们家来，大家在注目了，我听到四处都在讲闲话哩。"绿蒂没有吭声。

维特为救那个不幸的人所做的无望的努力，使他心中燃烧的火又熄灭了一次。他在生活中遭遇的种种不愉快，在公使馆里遭遇的种种苦恼，受到的种种屈辱，一齐在他心头上下翻腾。偏在这个时候，绿蒂决定遵从丈夫的心意，离开维特。维特陷入了更深的悲痛中，辞世的决心在他的心中越来越坚定起来。

12月20日，正是圣诞节前的礼拜日，维特到绿蒂家去了。绿蒂一个人在家整理给她弟妹们的圣诞礼物。维特说："孩子们要得到这些礼物该高兴得欢天喜地了。"绿蒂嫣然一笑，掩饰自己的窘态："只要您听话，你也会得到一份礼物的，比如一支长蜡烛什么的。"维特嚷道："你要我怎么样？我可以怎么样？最最好的绿蒂！"她说："星期四晚上是圣诞夜，那时孩子们都来，我父亲也来，每人都会得到自己的礼物，到时候你也来吧——但在这之前不要来。"维特一听就愣住了。她接着说："事到如今，为了我的安宁，我求你，不能，不能再这样下去了。"

维特把自己的目光从她身上移开，在房子里走来走去，嘟哝着："不能再这样下去了！"突然他叫道："不，绿蒂，我不会再见你了！""这是为什么？"绿蒂说道，"你会再见我呀，只是我们少见些吧！"她去握住他的手："请你要克制住自己！你的智慧，你的学识，你的才能都会使你获得种种快乐的！做个堂堂的男子，放弃对一个女子的苦苦依恋吧，她除了同情你，不能越出雷池一步。"他从她手里抽出了自己的手，同时用呆板而不满的目光瞪着她："也许是阿伯尔教的吧？外交辞令！十足的外交辞令！""谁都会这么说的。"她回答说，"难道世界上就没有一位姑娘能使你称心如意吗？你一定会找到的。这一阵子你沉迷在这狭小的天地里自寻烦恼，早就让我为你、为我们担心了。我相信你一定会找到的！你一定会找到另一个令你钟情的对象的！那时你回来，让我们共享真正的友谊的温馨。"维特冷笑了一声，说："这些话可以印成小册子，发给一切家庭教师哩。亲爱的绿蒂，请你让我稍稍安静一会儿，一切都会好的！""只有一件事，维特，圣诞夜之前你不要来！"绿蒂说。

这时阿伯尔进屋来了，他和维特冷冰冰地互道了"晚上好"，便挨肩在房里踱来踱去，彼此心里都很尴尬。维特想走，又不能走，磨磨蹭蹭一直待到8点，他的气恼和不满也在不断增加，等到晚饭摆好了，他便拿起帽子和手杖。阿伯尔请他留下来吃饭，但在维特听来这不过是一句无关紧要的客套话，于是他冷冷地谢绝后就走了。

维特回到家，从仆人手中接过蜡烛，独自走进房间，放声大哭。他在屋里剧烈地走来走去，自言自语，最后和衣倒在床上。

第二天早晨，12月21日，他开始写一封以"绿蒂，我已决定去死了"为开头的信。

将近 10 点时，维特让仆人把衣服刷干净，将行装收拾好。嘱咐仆人把各处的账目结清，然后他给这个仆人一些钱作为预发一些人两个月的接济金。

维特吩咐仆人把饭送到房里来。他吃过饭，骑马去法官家。

法官不在家，他便在花园里踱来踱去，似乎还要对以往的种种伤心事最后做一次总的追忆。

将近下午 5 点时，他回到寓所，吩咐女仆在炉子里加足木柴，以便让热量一直持续到深夜。他叫仆人把书籍和内衣装进箱子，放在底下，再将外衣装入护套缝好。随后他在给绿蒂的最后这封信上又写了下面的一段："你一定没有料到！你以为我会听你的话，到圣诞夜才来看你。哦，绿蒂！要么今天见你，要么就永远不见！圣诞夜你手里就拿着这封信了，你一定会哆嗦，你可爱的眼泪将把信纸打湿。我甘愿这样做，我必须这样做！啊，我下了决心，感到多么痛快。"

绿蒂的心情也是极度矛盾的。她感到自己若是离开了维特，心里是会很难过的。她无意之间向阿伯尔说，维特在圣诞节之前不会再来了。阿伯尔有事要到邻村的公署中去住一夜，便骑马走了。

绿蒂一个人在家孤独地坐着，眼睛仿佛蒙上一层阴云。

下午 6 点半时，她听见维特上楼，她的心剧烈地跳动起来。

"你违约了！"看到维特进来，她叫道。

"我没有约过什么。"维特答道。

"那你至少也该满足我的愿望呀！"她说，"我求过你要为我们两个人的安宁着想。"

绿蒂的心很慌乱，只好去弹钢琴缓解场面。因心太乱，弹的曲子也不成调，只好要求维特朗诵他翻译的古苏格兰诗人莪相的诗。

维特把诗拿到手中，全身一阵战栗。他坐下来，含着泪水，开始诵读那哀婉凄绝的句子。

绿蒂听着听着，也不禁潸然泪下。维特抛去诗稿，紧紧握着绿蒂的一只手，伤心地痛哭起来。他们在这先人的命运之中感受着他们自身的不幸。他们共同感受着，眼泪融而为一。绿蒂抽泣着请他再读下去。维特颤抖着拿起诗稿，断断续续地接着读道：

"春雨啊，你为何把我唤醒？你柔情缱绻地将我爱抚，并对我说：我要以天上的甘霖将你滋润！但是我凋谢的时日已近，狂风将来临，它将把我吹打得枝叶飘零！明朝有位行人，他见过我韶华时分，他的眼睛会在这原野中四处把我找寻，我可已是无踪无影……"

这诗的魄力完全压倒了维特，他失望到了极点，跪在绿蒂面前，用她的双手压在自己的眼睛上，再按在自己的额头上。绿蒂好像突然预感到了不幸，她的神志昏乱了。她紧紧抓着他的手，心情忧郁而又深受感动，她向他俯下身来，两人灼热的脸偎依在一起，世界消失了……他伸手搂着她，把她紧贴在自己胸口上，并在她颤抖的嘴唇上印以无数个狂吻。"维特！"她声音窒息地喊道，"维特！"一面用无力的手把维特推开，"维特！"她冷静的声音里流露着高尚的感情。维特没有抵抗，把搂着她的手放开，茫然失措地跪在她面前。她站了起来，浑身颤抖，说："这是最后一次！维特，你永远不要再见我了！"说完，她以充满爱意的目光朝这位不幸的人好好看了看，便奔到隔壁房间，随手关上了门。维特向她伸开双臂，但没敢拦住她。他倒在地上，一动不动地过了半个钟头。后来他站起来，走到隔壁房门前，低声唤道："绿蒂！绿蒂！你只再说一句话，说一声'永别'！"她没有作声。他等着，又央求，又等着，她终于没有再说一句话。维特失望了，走时他喊道："别了，绿蒂！永别了！"

这一夜，雨雪交加，他踱上了悬崖，终又浑身湿透地回到家里。

第二天，他又去续写那封给绿蒂的信。他写道："哦，绿蒂哟！我先去了！去见我的天父，去见你的天父，我要向他哀告，他要抚慰我，等你来时，我再飞到你的面前，拥抱着你，在'无限'之前，在永恒的拥抱之中我与你永在。"

将近 11 点时，维特问他的仆人，阿伯尔是不是已经回来了？仆人说，回来了，看见阿伯尔骑马过去的。维特随即写了一张便条，让仆人交给阿伯尔。便条的内容是：我打算出门旅行，把你的手枪借我一用行吗？祝你快乐！

阿伯尔看过字条后当即答应了。绿蒂不敢把昨天晚上发生的事情告诉他。她取手枪时，犹豫了一刻，心里惴惴不安，她预感将有可怕的事情发生。

当维特听说枪是绿蒂亲手交给仆人的，心里喜不自胜，便把枪拿过去。他让人拿来面包和酒，叫仆人去吃饭，自己则坐下来给绿蒂写信。

维特最后一次去看了原野、森林和天空。晚上回来，给阿伯尔和威廉写了诀别信，又续完了给绿蒂的长信。

午夜 12 点的钟声刚敲过，维特手中的枪响了，他倒下了，身着黄色背心、青色燕尾服，脚蹬长靴。

桌上，一本《爱米丽雅·迦洛蒂》摊开着。

第二天正午，他断气了。当夜，他被安葬在他遗书中所选择的地方，没用一个僧侣来送葬。阿伯尔也没有来，他在看护绿蒂。绿蒂因为哀痛，正处在生命的危险之中。

3. 赏析

《少年维特之烦恼》的篇幅不长，情节也并不复杂曲折。全书是以主人公维特不幸的恋爱经历和在社会上处处遭遇的挫折为线索，以书信和日记为形式，构成的一部完整的书信体小说。

小说采用维特致友人与绿蒂的书信以及他的日记片段的方式写成，近百封长短书简构成了一个完美的整体，每封信又犹如一首首优美的散文诗，将叙事、抒情、描写、议论融为一体，带有强烈的感情色彩。

主人公维特是18世纪德国进步青年，他热情奔放，渴望自由，希望从事有益的实践工作，向往人的自然天性能得到彻底的解放与施展。但是他生活的社会却充满着等级观念的偏见和鄙陋的习气。保守腐败的官场、庸俗屈从的市民、傲慢的贵族等气息充斥在他的周围，没有他展示才能的空间。维特与这个庸俗的社会环境格格不入，渴望一份爱情的慰藉，这是在寻求精神上的纯洁的爱。

初春的一天，维特来到一个风景宜人的偏僻山村。这里的青山幽谷、晨曦暮霭、泉清水秀，宛如世外桃源，他忘掉了一切烦恼。在一次舞会上，维特认识了当地一位法官的女儿绿蒂。在维特的眼中，绿蒂像圣女一样纯洁。维特对绿蒂寄以全部的热情和无限的崇拜。从此以后，维特再也分不清白天和黑夜，在他心中只有绿蒂。绿蒂虽然早已订婚，尽管对维特非常倾心，但绿蒂不可能不服从礼俗而去追求爱情，这就使维特陷入了绝望的境地。他感世伤怀，悲愤不已，然而却找不到出路，最后只得以自杀了此一生。

小说一出版就在德国引起了"维特热"，它的出版也是德国文学史上一件划时代的大事。《少年维特之烦恼》是德国第一部走上世界文坛的作品,这部作品使歌德由德意志作家进而成为一个世界作家。

《少年维特之烦恼》是一部影响强烈而又意义深远的小说。小说采用的书信体形式开创了德国小说史的先河。作品描写了维特跌宕起伏的情感波澜,在抒情和议论中真切、详尽地展示了维特思想感情的变化,并且将他个人恋爱的不幸放置在广泛的社会背景中,对封建的等级偏见、小市民的自私与守旧等观念进行了揭露和批评,对个性解放和情感自由给予了深切的呼唤。维特的烦恼以至自杀,表现了个性自由与封建社会的尖锐冲突,唤起了人们对封建的伦理道德和种种不合理社会制度的憎恨与批判;主人公反抗社会恶势力对青年人的压抑,体现了一种抨击陋习、摒弃恶俗的叛逆精神,因而更具有时代的进步意义。这正是这部小说成为世界文学宝库中的瑰宝、深受各国人民喜爱而经久不衰的魅力所在。

这个故事,虽然是以歌德自己的痛苦经历为基础,但不能因此就确定这是一部狭隘的个人恋爱的悲剧。歌德塑造的维特这一人物形象,采取的是典型化的手法,真真假假,虚虚实实。他深谙艺术创作之道,生活的素材一旦演绎成小说,就包含了作者的社会理想和审美情趣,被赋予了时代精神,作品也就高于了生活。《少年维特之烦恼》不是歌德的自传,维特不等于歌德,也不等于歌德加耶路撒冷。它所表达的不是一个人孤立的感情和痛苦,而是整个年青一代人的感情、憧憬和痛苦。

歌德晚年与他的秘书爱克曼谈及《少年维特之烦恼》时曾说:"我像鹈鹕一样,是用自己的心血把那部作品哺育出来的。其中有大量的出自我自己心胸中的东西、大量的情感和思想,足够写一部比此书长十倍的长篇小说。"(见爱克曼辑录,朱光潜译,《歌德谈话录》,

人民文学出版社，1978年版，16页）

小说主人公维特是18世纪德国进步青年的典型形象，他代表了德国正在觉醒的年青一代。小说中的维特反对封建习俗，渴望真正的爱情，要求个性自由，并希望施展自己的才华和抱负。但他在鄙陋的环境、黑暗的现实中四处碰壁，不幸的爱情又给了他沉重的打击，只好以死来求得解脱。小说以浓郁的诗意和强烈的情感表达了维特的痛苦和憧憬。他以多愁善感和愤世嫉俗的情绪，喊出了年青一代要求摆脱封建束缚、建立合乎自然的社会秩序和平等的人际关系、实现人生价值的心声。

维特出身市民阶层，是公使馆的办事员。他聪明能干，具备在社会活动中施展自己才能的天分。但他所处的社会环境却是恶劣的，贵族们看不起他，庸俗的小市民是那么"奉公守法"，市侩们既自私又保守。这让维特厌恶、愤懑，感到异常孤独，只好把满腔热情寄托在绿蒂身上。当爱情遭遇挫折时，他曾试图把自己从恋爱的纠葛中解脱出来，但丑恶的现实却总是让他碰壁。他在无望的苦海中挣扎，最终因绝望而自杀。

由此看来，维特走向自我毁灭的悲剧性结局，是有着深刻而广泛的社会原因的。维特的悲剧缘于内、外两个方面原因。

悲剧的内在原因是维特爱情上的失败导致了内心无法排解的痛苦以及他感伤、厌世的情绪。初识绿蒂，维特的心就被她"俘获"了，他爱她爱得刻骨铭心，恋情像凶猛的山洪，一发而不可收。随后他连续遭受三次沉重的打击，产生了绝望情绪。

第一次打击：阿伯尔从外地返回，维特就从幻想中回到了现实。

第二次打击：维特和阿伯尔进行了一场关于自杀问题的争论。经过这次正面冲突，阿伯尔认为维特谈论的都是怪论，维特无论如何也说服不了阿伯尔，他情绪日益阴郁。

第三次打击：维特因与社会环境难以融合辞掉公职，再次来到绿蒂身边，得知了绿蒂和阿伯尔结婚的消息，他仅存的一丝希望成了泡影，处境极为尴尬。

维特多愁善感的性格，强烈的感伤主义情绪，是造成他悲惨结局的另一内在原因。他一味强调心灵感受，对人生厌倦，因而寄情于山水。他对大自然景致和社会现象有着极其敏锐的反应，四季景物随他心境的变化而变换，莪相诗歌中那无穷无际的旷野、劲风吹动的荒草、长青苔的墓碑、空中飘浮着的阵亡英雄和凋谢少女的亡灵——这一切使维特的心受到强烈的震撼。处在这样的社会环境和文学氛围中，面对强大的封建势力和残酷的社会现实，维特争取自由的思想和行动显得那么苍白无力。他厌恶人生，将人生当作活着的负担，最后以死向这个黑暗的社会进行抨击和反抗。

绿蒂尽管在感情上、精神上依恋着维特，但她不愿意也没有决心和勇气牺牲自己的婚姻。在圣诞夜前夕,绿蒂的"这是最后一次！维特，你永远不要再见我了"这句话对维特的打击是致命的，他再也无力承受了，在给绿蒂写完绝笔信后，于午夜12点开枪结束了自己的生命。

维特悲剧的外部原因是封建专制制度的束缚。维特曾想通过事业上的发展来摆脱爱情的无望所造成的心灵创伤。他到公使馆供职，看到周围的人处处因循守旧、虚文俗礼。公使对标新立异的维特很是反感，维特遭到了难以形容的冷遇和鄙视。在等级森严、追名逐利的官场和贵族社会里，人们空虚无聊、虚伪奸佞、尔虞我诈。维特又回到了绿蒂身边，更深地卷入情感的纠葛中不能自拔。爱情的幻灭，事业的失败，使他看透了人生、看透了社会，他陷入了悲观绝望的深渊。

维特对于社会的反抗，自始至终没有超越个人的范畴，因此他是孤立的、软弱的，最后只得以自杀告终。这是当时的德国社会容纳不下维特这个人才，这是鄙陋的封建制度把维特推向了毁灭的深渊。

维特的不幸经历，是围绕个人的自由愿望与古板社会的种种限制的冲突展开的。歌德利用书信体这一极为自由的形式，在议论和抒情中细致地揭示了维特全部思想感情的矛盾和发展，赋予了他的不幸恋爱以巨大的社会内容和悲剧意义。小说对封建等级的偏见、德国市民阶级的守旧性和自私性等做了揭发与批判，体现着"狂飙突进运动"的一切思想和精神，是那个时代的产物。所以恩格斯赞誉：歌德写了《少年维特之烦恼》，是建立了一个最伟大的批判功绩。海涅在《慕尼黑到热那亚旅行记》中写道："歌德给自然照了镜子，或者说得更确切些，他本身就是自然的镜子。"

维特这个形象的丰富性和深刻性，就在于他蕴含了18世纪下半叶德国社会的阶级内容和时代思潮，维特身上带着德国资产阶级软弱无力的深深的印记，使他成了反叛的受难者。

正因为维特是一个在重重封建压迫下觉醒了的青年，他代表着一种新的涌动的力量，传达出市民知识分子的思想感情，所以，小说才能产生如此强烈的社会反响，迅速地掀起了"维特热"。

小说在德国出版后，连印了16版，广为流传。它被翻译成英、法、意等20多种语言，在许多国家发行。拿破仑在远征埃及时随身带着它，先后读了7遍。维特和绿蒂的形象也远渡重洋，闯进了古老的中国，被"画上了花瓶"。1922年，中国著名文学家郭沫若将《少年维特之烦恼》翻译成中文，促进了中国人民的思想觉醒。在五四运动前后，这一作品得到了知识青年的热情欢迎，它能够促使和加强人们对现实生活中的封建残余的认识与批判。

歌德在一首诗中，曾这样描绘过自己的小说所产生的广泛影响："德国人模仿我，法国人读我入迷，英国啊，你殷勤地接待我这个憔悴的客人。"（见杨武能著，《走近歌德》，四川人民出版社，2022年版，100页）至今这部小说仍受到各国读者的喜爱，已经成为经久不衰的世界名著。

但是，这部小说也曾经产生过消极作用。有的青年男女在争取婚姻自由的斗争不幸失败之后，也学着维特以手枪自杀来表示反抗，其中有些人甚至仿效维特死时身着的服装——"长靴，青色燕尾服，黄色背心"，一时形成负面的"维特热"。

为使小说不再产生不良后果，歌德在1775年出第2版时加上《绿蒂和维特》序诗，郭沫若所译卷首诗的前四句置于上篇卷首，后四句放在下篇之前。这首诗如下：

> 青年男子谁个不善钟情？
> 妙龄女郎谁个不善怀春？
> 这是人性中的至洁至纯，
> 为什么从此中有惨痛飞迸？
> 可爱的读者哟，你哭他，你爱他，
> 请在诽毁之前救起他的声名；
> 请看，他出穴的精灵在向你耳语：
> 做个堂堂的男子，不要步我后尘。

歌德运用第一人称的书信体形式，面对面地向读者倾诉维特的遭遇、感受和情怀，具有逼真的现实感和强烈的感情力量，字里行间充溢着对美好生活的向往和对腐朽社会的控诉。人物刻画得细致入微，爱恨分明。小说中对自然景物的描写也十分出色，寄情于景，情景交融，是现实主义和浪漫主义相结合的著作。

《少年维特之烦恼》体现了"狂飙突进运动"时期的一种反叛精神，表达了年青一代渴望摆脱一切旧的思想和习惯势力的桎梏。小说中的维特成为世界文学史上一个不朽的艺术形象。

《浮士德》

诗剧《浮士德》是歌德最重要的代表作，是歌德以毕生的精力完成的一部鸿篇巨制。这部诗剧的创作贯穿了歌德的全部写作生涯，初稿始于1773年，第一部完成于1806年，发表于1808年，第二部完成于1831年，问世于1832年，其创作时间长达近60年之久，是歌德全部生活和艺术实践的总结，是"一部灵魂发展史，一部时代精神发展史"。它与荷马的《荷马史诗》、但丁的《神曲》、莎士比亚的《哈姆雷特》并列为欧洲文学四大名著。

1. 时代背景

《浮士德》是歌德一生思想探索的概括和总结性的宏伟记录。从文艺复兴、宗教改革，到"狂飙突进运动"，觉醒的资产阶级提倡人文主义精神，要求个性解放，追求现实生活中的幸福。同时，他们反对愚昧迷信的神学思想，冲破禁欲主义等宗教束缚，正确地认识客观物质世界的真实。

从18世纪后半期到19世纪30年代，历史事件纷至沓来，欧洲从封建社会进入资本主义发展的动荡、变革时代。启蒙运动在许多国家开展起来；美国脱离英国的殖民统治而获独立；法国爆发了资产阶级大革命；拿破仑雄霸欧洲10余年，最终惨败；欧洲成立了维护封建势力的"神圣同盟"。在这个世纪之交的转折时期，人们更多地了解了自己的精神世界，具有了鲜明的反封建、反宗教神学、批判黑暗现实的精神，有了深刻的、抽象的哲理思考和纯真自然的审美观念。歌德密切地注视着所发生的这些重大历史事件和新兴资产阶级先进知识分子思想的进程，思考着社会的发展和人类的未来，《浮士德》正是歌德的这种思想探索的艺术总结。

《浮士德》以16世纪德国民间故事《约翰·浮士德博士的故事》一书为素材，以文艺复兴以来的德国和欧洲社会为背景，写出了一个新兴资产阶级先进知识分子竭力探索人生意义和社会理想的人生历程。

浮士德这个名字在欧洲可以说是家喻户晓，在德国历史上确有其人。据说他生于1480年，死于1540年，精通星象、算命术和炼金术，是个地方学者。他死后，在德国民间有了许多有关他的传说。传说中的浮士德是宗教改革时期德国一个跑江湖的魔法师，他为了换取知识同魔鬼订了契约，契约期满后，魔鬼把他的灵魂带走。许多小说、音乐、歌剧、电影都是以这个故事为模本加以改编形成同名作品的。

歌德幼年时就看过这类木偶戏，对浮士德的故事极为熟悉，一直有以它为素材进行创作的想法。为了呈现人的精神世界的发展，他从根本上改造了这些传说，对这个素材进行了全面深入的挖掘和发挥，对故事进行了许多突破性的改造，使其带有启蒙运动时期的时代特征，反映了以先进知识分子为代表的人民反对禁欲主义和宗教束缚、渴望了解客观世界的思想，赋予了人们认识人生意义、追求人生价值的全新内涵。

在歌德的笔下，浮士德是一个象征性的艺术形象，是资产阶级上升时期一个先进知识分子的典型形象，是人类命运的一个代表。通过浮士德的自强不息、追求真理的探索之路，即经历了书斋生活、爱情生活、政治生活、追求古典美和建功立业的五个阶段，高度浓缩了文艺复兴以来德国乃至欧洲资产阶级探索和奋斗的精神历程。

《浮士德》是用多种诗体的韵文写成的一部悲剧，分两部，长达12111行诗文。全剧没有首尾连贯的情节，而是以浮士德思想的发展变化为线索，由一系列的叙事诗、抒情诗、戏剧、歌剧以及舞剧组成，涉及神学、神话学、哲学、科学、美学、文学、音乐等方面内容。歌德运用自己的智慧，极大地丰富了这个已有传说的哲学内涵。

第一部25场，未分幕，描写了浮士德的书斋生活、爱情生活，展示了他在"小世界"里遇到的求知困惑和爱情烦恼，是主观的世界。第二部分5幕，27场，描写了浮士德的政治生活、艺术生活和改造自然的宏伟事业，展示了浮士德在"大世界"中改造客观世界和追求社会理想的过程，是客观的世界。

2. 剧情梗概

在广阔的天庭，天帝召见群臣。三位大天使以宇宙浩瀚且变幻无穷的景象，颂扬天帝造化万物之功。

恶魔靡非斯特口中无一句称颂之词，反喋喋不休地发了一通议论。他认为，人世间非常悲惨，而且永恒不变；人只能终身受苦，像虫豸一样，任何探求都不可能有所成就。

天帝询问浮士德的情况，靡非斯特说他正处在矛盾和绝望之中。他野心勃勃，老是驰骛远方，他要索取天上最美丽的星辰，又要求索人间极端的放浪，总是不能满足。天帝坚信人在努力追求时总是难免迷误，但在"理智"的引导下，一定会意识到正途。

靡非斯特却提出和天帝打赌，自信能将浮士德引上魔路，陷于堕落，他根本不相信人类的"理智"。天帝应许将浮士德交与他，说："你尽可以使他的精神脱离本源，可是你终究会惭愧地服罪认输，一个善人即使在黑暗的冲动中，也终究会成功，进入'清澄'。"本来，天帝造出魔鬼就是来刺激和推动人们发奋努力的，因为人们的精神总是易于松弛，人们的行为总是贪图安逸。

靡非斯特兴冲冲地下凡去找浮士德，心里想着不能和他的关系闹翻。

第一部

陈旧的中世纪书斋，狭隘、沉闷。浮士德老博士不安地坐在书案旁的靠椅上，自叹大半辈子以来，埋头故纸残篇，中宵不寐，已把哲学、医学和法律，还有神学，都彻底地发奋攻读了，到头来却是一事无成，是个可怜的愚人，不见得比从前聪明进步。既不能救世济民，也无财产和金钱，更无尘世盛名和权威。书斋如监牢，学智如桎梏，禁得他寸心焦渴，欲望难平。他渴慕投身宇宙，认识星辰的运行，接受自然的启示，沐浴自然之光，承担起世上的一切苦乐。他想钻研魔术，想通过神力和神口，将一些神秘揭穿；对于统一宇宙的核心有所分辨，去观察一切活力和种源。

他翻开书，瞥见大宇宙的符记，顿时志爽神清，一股暖流涌遍全身。他意识到自己有揭开宇宙秘密的力量，感到自己与神灵相近。他希望依靠魔术的力量来求得"自然"的教谕。想着想着，深叹一口气，唉！这不过是一场美好的幻景。正惊奇失望时，不受欢迎的弟子瓦格纳不宣而来。

瓦格纳深信埋没个人的心灵情感，经由烦琐的经院哲学和语言学，就能沉浸在各个时代的精神之中，就能理解透历代的精神和宇宙的奥妙。浮士德讥讽他的愚顽和想法的荒诞不经，指出那些经过教会和统治者审查的书本，反映出的不是"历代的精神"，而只是学者们本身的精神。但瓦格纳执迷不悟，埋头在羊皮古书中挖掘探求。

瓦格纳走后，浮士德更加感到自己处在尘俗的昏乱之中，无法超脱，无法到达真理的境界，寻得永恒的快乐。眼前是布满尘垢的书堆，空洞的髑髅，破旧的家具和暗淡的油灯，一切都毫无生气，一切都令人窒息。他想到了死，只有死才能够解脱自己。在人间无望，就到阴间去闯荡，那也是崇高的生存。他激动地倒出一杯毒酒，将它举到唇边，准备最后一次开怀畅饮。

浮士德在书斋

突然，钟声和着圣歌自外传

来："基督已经再生！"复活节在晨曦中光临了！钟声和天使们的合唱，是他幼年时听惯了的声音。往时在安息日的庄严寂静中，天恩降临，有种不可思议的美妙憧憬，这歌声宣布了青春时代的游乐，宣告了春祭日的自由幸福；这"天声"，猛地将"死"推开。它唤醒了浮士德的生命，他的希望在人间苏醒。

浮士德和瓦格纳脱离暗淡烦琐的小天地，来到了春意盎然的大自然和郊游的人群中。浮士德心中充满生机，而瓦格纳却讨厌人群中的各种声音。

农民们在菩提树下尽情歌舞，他们向浮士德敬酒，感谢他在瘟疫中搭救众生，阻止了瘟疫流行。群众的敬仰，让瓦格纳羡慕不已。但对浮士德来说，种种褒奖都好像是讥讽。他反省自己炼金丹是在骗人，他感到世间是一片错误的大海，人们无法达到真理的彼岸。

落日西沉，浮士德发现一只黑色的卷毛犬在田间逡巡。那狗向他们跑来，浮士德将它带回书房。这狗正是天上降下来的恶魔靡非斯特变成的。

夜已降临，浮士德毫无睡意，一天的游乐并未给他以满足。他打开《圣经》来翻译，希望从那神圣的经文中寻求启示。第一句译成"泰初有道"（观念），认为不妥，接着改译为"泰初有心"（绝对精神），但即刻又觉得不妥。他反复斟酌，最后译成"泰初有为"（行动）。他感到无比称心！

黑犬在一旁却不安静，它咆哮着，变得又长又大，站立起来，现出了恶魔的原形。浮士德毫无畏惧，他念起咒文，但是所有的咒文和火焰都不能够伤害它。它变形为一个书生，走来与浮士德相识。他告诉浮士德，他是"否定的精神"，"恶"就是他的本质，他要用洪水、暴风、地震、烈火各种灾殃与自然的权威抗衡，到头来海与陆依然无恙。他要毁灭一切，包括人类，但是生命的胎芽不停地在四处生长。浮士德怒斥他想对抗这永恒的自然是枉然的。靡非斯特意欲告辞，但是门上的避魔符咒阻碍了他的通行。他哀求浮士德揭去符咒，浮士德叫靡非斯特陪他消遣。靡非斯特以变戏法为名唤来精灵，让它们围绕着浮士德婉转歌唱。优美动听的歌儿将浮士德引入幻景，引入甜蜜的梦乡。靡非斯特又叫来老鼠、苍蝇、青蛙、臭虫、跳蚤，命令它们咬掉了符咒的一个角。他得意地走出了房门。浮士德一觉醒来，以为做了一个梦，却发现卷毛犬不见了。

第二天，高贵绅士打扮的靡非斯特来到浮士德的书房。浮士德向他诉说狭隘的尘世生活的苦闷：一天天的时光不能实现任何愿望，有千百种丑恶的人生现实，阻碍了创造的兴致；黑夜降临，还不得安宁，常常被噩梦侵扰。他宁愿死也不愿意过这种安贫守分、无所作为的生活。但死也要死得痛快。靡非斯特故意提起浮士德手举毒酒却又不敢倾饮的往事，激起他一腔愤怒。浮士德把现世的一切都诅咒个遍，诅咒葡萄美酒、崇高爱恋，诅咒希望、信念，尤其诅咒万事以忍耐为先。靡非斯特乘机劝他去寻取欢乐和事业，从这孤僻的生活走进广大的世界，并说愿意与他一起，共同去经历人生。

靡非斯特提出愿意与浮士德签订契约：今生做他的仆人，做他的伙伴，为他解除愁闷、寻欢取乐，使他得到满足。同时契约还要约定：在浮士德表示满足的一瞬间，奴仆关系便解除，浮士德反为恶魔靡非斯特所有，来生便做恶魔的仆人。浮士德根本就不相信有"来生"，他毫不犹豫地同意了这个契约。他相信自己永远不会在享乐中满足。他说："假如我对某一瞬间说，'你真美呀，请停留一下！'那你尽可以将我枷锁，我甘愿把自己销毁，那时是我的丧钟响了。"他们击掌立下字据作证。

浮士德已厌恶一切枯燥的知识，他渴望纵身跃进时代的潮流，在感观世界的深处沉浸，追逐事变的旋转，要领略尽全人类所赋有的精神，将全人类的苦乐堆积在心上，将"小我"扩展成全人类的"大我"，只有自强不息，才算堂堂男子汉。靡非斯特却在劝诱他及时行乐。

这时，一个学生前来拜见浮士德。浮士德避开。靡非斯特穿上浮士德的长袍，伪装成博士来接见。这青年怀着满腔的热诚，恳请先生收为弟子，希望自己成为一个下知地理，上晓天文，既探讨自然，也研究学问的饱学书生。靡非斯特说他应该先学逻辑，其次再研究玄学。学生说自己很想钻研神学。靡非斯特告诫他："这门科学很难避开邪路，其中隐藏着许多毒素，容易和药物鱼目混珠。"学生又问到医学。靡非斯特告诉他："医学的精神最容易把定，不管你研究得多深，到头来还得听天由命。"靡非斯特教导学生，一切理论都毫无光彩，只有人生才是常青的金树。这学生不能理解这一番"教导"的真谛，只好带着懵里懵懂的脑袋离去。

学生走后，靡非斯特把黑色外套变成一朵浮云，载着浮士德和自己去云游世界。

他们首先来到莱比锡城的奥厄巴克斯·凯勒饭店。靡非斯特要让浮士德看看这充满"快乐"的世俗生活。

酒店里，一群大学生正聚在一起饮酒作乐，玩些无聊的把戏，唱些无聊的歌曲。靡非斯特加入了他们的阵营，他耍了个花招，在桌子边上钻出洞来，每个洞里都流出了每人想喝的美酒，众人狂笑狂饮。浮士德可不感兴趣，急着要离去。这时，一不留神，酒洒到地上，立刻化为火。众人感到受骗，各持小刀杀向靡非斯特。靡非斯特又耍了个魔术，让他们在幻景中各抓住他人的鼻子互割。靡非斯特与浮士德借机离开。

浮士德急切地想返老还童。靡非斯特领他来到魔女之厨。在一矮灶上放着一口大锅,下面生着火,锅内升起的热气中呈现出各种幻影。一只长尾母猿坐在锅旁搅拌以防溢出,公猿偕小猿等坐灶旁取暖。

不一会儿,魔女自烟囱降下回来了。靡非斯特降服了她。她遵命念起咒语,作起法来,拿出一杯最好的魔汤,送至浮士德唇边。汤中发出一道轻微的火焰。浮士德将魔汤饮下,顿时感到青春激荡。

青春焕发的浮士德走在街头。美丽的少女玛甘泪由教堂回家,从他身边走过。他提出要挽着手送她一程,矜骄端庄的玛甘泪拒他而去。

浮士德神魂摇荡,他要靡非斯特赶快去把玛甘泪弄来。靡非斯特答应今晚将浮士德带到玛甘泪房中,让他在那香闺中把未来的希望尽情玩味。浮士德又向靡非斯特提出要准备些礼品,靡非斯特应承去采办。

玛甘泪回到家中,边梳头边自语:"今天那位先生真够英俊,一定是出自高贵的家庭,要能认识他该多好!"她梳好发辫,走出屋门,到邻居家去了。

浮士德由靡非斯特引导着,来到这小巧的房间。他环顾四周,屋子收拾得干干净净,一件件清洁整齐的家具充满着一种圣洁的气息。这气息萦绕浮士德的感官,浸进了他的心

浮士德喝魔汤

胸，使他赞叹。相形之下，浮士德对自己的邪念和举动感到羞愧和内疚。他退出了屋子，希望永远不要再进来。

靡非斯特临走前，把一个小匣放在衣柜里。浮士德犹豫着，但还是听从了靡非斯特的安排。

玛甘泪回到了房中。她感到了屋子里沉闷的空气，觉得心神不定，有一种不祥的感觉。为了驱除这莫名其妙的异感和恐惧，她边脱衣服边哼起了歌。

玛甘泪打开衣柜，瞥见了一个宝物匣子，打开一看，不由得惊叫：多么精美的首饰啊！她从不曾见过。她佩戴起来，走至镜前，镜中的容颜立即改观。她看到自己如此漂亮，不禁哀叹，只因自己无钱，青春饱受冷落。

从玛甘泪房中回来，浮士德深有感触，他来回踱步，默然深思。靡非斯特向他走来，怒气冲冲地告诉他，他们送给玛甘泪的首饰，都被玛甘泪的母亲送给了牧师。那牧师一见宝物，便满心欢喜地说，信女们功德无量，能消化不义之财的只有教堂。母亲笃信宗教，认为不义之财会迷惑人的灵魂、耗掉人的血液。玛甘泪昼夜思念着那首饰，更思念赠送首饰的人。

浮士德急命靡非斯特再去寻一副新的首饰，放到玛甘泪的衣柜里。

玛甘泪发现自己的衣柜中有了一个更好的首饰匣子，里面的宝物也更多。她欣喜之余，又担心母亲再将此首饰送走，就想把匣子放到邻居家。

邻居家的主人叫玛尔特，她丈夫外出一去不返，只苦了玛尔特在家独受凄凉。没有丈夫的死亡证，她又不能再嫁，自己很是悲伤。

玛甘泪来到玛尔特家，告诉她自己衣柜中的秘密。玛尔特为她妆饰，称赞她的福气不小。玛甘泪多么想在大庭广众之下将它们炫耀，可又没有胆量佩戴它们上街。玛尔特叫她每天来，在这穿衣镜前快乐欣赏，以后可以逐渐地向外人显露。玛甘泪感到事情有些奇怪，不知两个匣子究竟是谁送来的。

  这时，靡非斯特伪装成"传讯人"告诉玛尔特，她丈夫已客死他乡。玛尔特心中高兴，眼中落泪。她询问起丈夫的死状，希望有一张丈夫的死亡证明书，想知道丈夫留下的财产。玛尔特跟"传讯人"眉来眼去，已是臭味相投。靡非斯特说只要有两个人的口证，就可以证明事情是真的，并说："我还有位漂亮的伙伴，你可以请他为你去上法庭。今晚我带他来见见夫人，希望这位姑娘也能光临。"玛尔特和靡非斯特约定当天晚上，在她家后花园中等候二位光临。靡非斯特兴高采烈，回来向浮士德禀报：他与淫荡妇人已勾搭上，浮士德与玛甘泪的幽会也安排妥当。只要写一张证明，证明她丈夫的遗骸埋葬在帕多瓦墓地，便一切就绪。浮士德欢喜异常，叫赶快起程前往帕多瓦。靡非斯特说："何必多此一举，随便写个证明，不必知道实情。"浮士德骂靡非斯特是个骗子。靡非斯特也揭露浮士德过去对天帝、世界及其间的纷扰，也都是说谎造假，并说："你今晚又要去对玛甘泪'海誓山盟'，去欺骗那可怜的姑娘。"浮士德不承认后一个罪名，他分辩说他的爱情是一团炽热的火焰，

浮士德和靡非斯特来到花园中

是出自内心的,是永恒的。

晚上,浮士德和靡非斯特来到玛尔特家中。在花园里,浮士德手挽着玛甘泪、靡非斯特陪着玛尔特在园中来回散步。玛甘泪道出心中顾虑:自己出身卑下,手脚粗糙,谈吐浅陋,怎会让您这个经验丰富的人感兴趣,我如何配得上大家公子?她想浮士德一定有许多的朋友,个个出身高贵、聪明过人。浮士德尽力宽慰她,告诉她世人所说的聪明,只不过是浅见和虚荣。只有那单纯无垢,谦恭卑己,自己不知其神圣的人,才具有最高尚的精神。玛甘泪的心放宽了,她向浮士德谈起她的家庭生活:狭小的生活天地,琐碎的家务事,劳累中有无限的幸福和乐趣。她回忆起死去的小妹妹,她曾经为妹妹日夜操劳。他们又谈到第一次见面时的情景。玛甘泪告诉浮士德,自己春心已动,却又怕自己的举动显现出没有家教的样子,可是又怕失去爱的机会。

玛甘泪跑入亭中,躲在门后,指尖按在唇上,从门缝中窥视。浮士德追来,捉住她。她倒入他的怀抱,向他表白了爱情。

他们俩在说爱时,玛尔特与靡非斯特也在谈情。

天色已晚,两对男女不得已双双分开。

玛甘泪的心中充满了激动和喜悦。

然而浮士德并不愿意陷身于琐碎庸俗的小家庭和小情感中,他对心灵的激动和骚乱感到了

靡非斯特陪着玛尔特在园中散步

烦腻。他去到幽林深处,在那里,他感受到大自然的魅力,领略到崇高的心境的平和。他感觉自己与大自然融合了,与诸神相近了,心中洋溢着神圣的情感。他讨厌和憎恨与他一起的恶魔,他胸中燃起一团烈火,对那美丽的肖像的不断迷恋,有些懊悔。

可是,正当他沉醉自省的时候,靡非斯特又翩翩来临。他嘲笑浮士德未脱书斋博士的臭味,讥讽他追求的是一种超世俗的满意,只是在想象中求安慰,自欺欺人而已,气得浮士德大叫"岂有此理"。但恶魔岂是等闲之辈,他慢悠悠说出一段话,马上又将浮士德的心带进了尘世的欲念。他向浮士德叙述玛甘泪在家渴望心爱的人,度日如年,终日站在窗边,昼夜思念。浮士德深知不应该对玛甘泪的肉体再起贪心,他希望只将爱情保留在圣洁的精神状态上。然而他抵御不住魔鬼的诱惑,他的心中又迸出了火花。他急急地赶去和玛甘泪相会了。

正如靡非斯特所说,玛甘泪用少女全部的真诚、热烈的感情爱上了浮士德,爱得疯狂。她日日夜夜盼望着他的到来,甚至想不顾一切地去找寻他,甘愿死在他的怀抱中。

他们终于又见面了,在玛尔特的花园中。玛甘泪希望浮士德也信仰宗教,浮士德却回她一通泛神论的道理。他说自然中到处有神,一切事物都有它自身的规律性,没有在自然之外的神。他说:"感情便是一切;名号只是些虚声,好比笼罩日光的烟云。"玛甘泪并没有真正理解这段话的含义,反把它与牧师说的话混淆了。玛甘泪深情地爱着浮士德,又打心眼里憎恶他的伙伴靡非斯特。凭着纯洁美好的心灵,她意识到靡非斯特是魔鬼的化身,他会将他们俩引向堕落。可她不知浮士德与魔鬼有着契约。

为了能在家中与浮士德共度良宵,享受爱情的欢乐,玛甘泪接受了浮士德的建议，用安眠药使母亲沉睡。

第二天早上，玛甘泪去打水，在井边碰到了女伴黎誓心。黎誓心告诉了她少女白婢儿的事情：白婢儿结识了一个有钱的男子，跟着他尽情享乐，把少女的贞洁献给了他。那个男人玩弄够了，就抛下她跑掉了。白婢儿现在只能穿着罪人的衣裳去礼拜堂忏悔。将来即使出嫁了，丑名声也是永远伴随着她。黎誓心幸灾乐祸地说着，而玛甘泪的心中却充满了同情。现在自己也已失身，但她并未在白婢儿的遭遇中照出自己的影子，也并未清醒过来。在回家的路上，她仍然为良宵的欢娱而欣喜。

谁知前一天晚上安眠药用得过多，母亲竟一睡不醒，离开了人间。

玛甘泪无意中杀死了自己的母亲，她悲痛万分。这痛苦日夜煎熬着玛甘泪的心！她日日悲哭，夜夜失眠，又不能够向任何人诉说。一天清晨，她采来一束鲜花，来到城墙壁龛里的一尊圣母像前，将花插在圣母像前的一对花瓶里，以悲痛和忏悔的心情向圣母哭诉了她的苦难和罪过，祈求圣母伸出慈悲的手，把她从死亡和耻辱之中拯救出来。

玛甘泪害死母亲的丑闻已经传遍市镇，昔日的"花中之王"，如今处处被人鄙视。

玛甘泪的哥哥瓦伦廷是个军人，听说这个消息，连夜往家赶，一路走来一路想，越想越气愤，

玛甘泪在忏悔

越想越恼火。

浮士德在靡非斯特的陪伴下，再次前来与玛甘泪幽会。在玛甘泪家门前，他们遇上了瓦伦廷。瓦伦廷一肚子火气，挺身向他们挑战。浮士德在靡非斯特的唆使和帮助下，拔剑刺倒了瓦伦廷。

瓦伦廷倒下了，人们围上来。瓦伦廷临死前，他向玛甘泪预示了她将遭受到的悲惨的命运："你已经失去了贞洁，而且只能在这条当娼妓的路上继续走下去。你生下的私生子即使不被人杀死，也将被人看不起。一切正派市民，都回避你，如同回避传染的死尸。倘若他们正眼看你，你心中便会不寒而栗。你不配戴黄金的项链，不配站在教堂的圣坛旁边，你只能在阴暗的栖流所里辗转，躲在乞丐和废人中间。纵然天帝饶恕你的罪孽，你也会永远受世上的非难。"

哥哥的话像针一样刺进了妹妹的胸膛。她忍不住惊叫起来："哥哥！我多么苦命呀！"

玛甘泪和众人一起来到教堂礼拜。她想着母亲的惨死和即将出世的私生子。种种思绪像恶魔一样缠绕着她、胁迫着她，她挣不脱这精神的枷锁。教堂里的唱诗班在高声唱着："当世界的末日到来的时候，天帝将审判众生，所有隐瞒着的事情都会被揭露出来，没有任何罪恶能逃脱上天的惩罚。"这可怕的末日审判，更使玛甘泪的灵魂战栗、惶悚。无形的恐怖压迫着她的心，她终于昏倒在地。

正当玛甘泪被痛苦包围的时候，浮士德却无忧无虑地与靡非斯特一道，赴瓦尔普吉斯之梦夜会去了。

夜会上，一些人围着两团残灰冷火在发泄对社会的不满，感叹自己命运的不济。靡非斯特变形为一个老人，插进来发表言论，说世道衰落都因为"酒"的缘故。

浮士德在夜会的舞场上目不暇接，神迷意夺，依稀可见那边遥遥地站着一个苍白而美丽的年轻女人,她行步艰辛,双脚似乎被铁镣锁定,很像善良的玛甘泪。靡非斯特说,那是个幻影,没有生命之物。

夜会上又拉开了新的一幕——奥伯龙与蒂妲妮娅的金婚仪式。奥伯龙是空中小魔鬼之王,蒂妲妮娅是他的妻子。

金婚庆典,盛大异常。苍蝇、蚊子、蟋蟀、蜘蛛、蛤蟆,叽叽

瓦尔普吉斯之夜

喳喳闹嚷嚷都来祝贺。社会上各种人都到会,妖魔鬼怪也光临。大家都极力表现自己,排挤他人,一片乌七八糟,南腔北调,丑类聚集的景象。

朝霞微现,天将放光,这群魔鬼乱舞的夜会才告收场。

靡非斯特这才告诉浮士德,玛甘泪已身陷囹圄。这消息唤醒了浮士德所有的怜悯之心。浮士德想到玛甘泪遭到的灾难,狂怒地诅咒靡非斯特背信弃义,恨自己怎么会与这种恶魔交往。然而,任凭浮士德暴跳如雷,靡非斯特却是露齿嬉笑,神色泰然。他用一句又冷又硬的话来回答浮士德的愤懑:"是谁使她堕落的?我吗?还是你?"气得浮士德怒目而视,无言以对。

但是浮士德仍然坚决要求去救玛甘泪,即使冒着生命危险也要去。靡非斯特无奈,只得答应,引他前往。

他们快马加鞭连夜赶到监狱。靡非斯特把看牢人迷昏,浮士德盗得钥匙,开了牢门,怀着惭愧的心情走进牢房。

玛甘泪与浮士德诀别

玛甘泪在狱中

玛甘泪已经神经错乱了，她把浮士德当作来提她上刑场的刽子手。她朝他跪下哀求，她疯疯癫癫地说，让自己多活些时候，因为天亮前要给婴儿喂奶。又谈起被自己溺死的儿子，她说自己看到了地狱里的恶鬼狰狞，听到了可怕的愤恨声，震耳的喧嚣声，那是她将要去的地方。

看到玛甘泪这情景，浮士德心中更是悲痛万分。他高声呼唤玛甘泪的爱称。这声音将玛甘泪从恐怖的地狱喧嚣声中唤回。半清醒半昏沉的玛甘泪欣喜若狂，她扑向浮士德，就像扑向救星。

浮士德急切地催促玛甘泪出狱，可是玛甘泪不愿意走。她深知自己药死了母亲、溺死了儿子，是有罪的，到处都是天罗地网，逃跑是没有用的，而且自己良心上还负着重创。社会对她来说，本身就是一座大监牢。她嘱托浮士德：给妈妈的坟墓找最好的地段，让哥哥的墓就在妈妈的身边，我的稍远一点儿，把婴儿放在我右前方，此外不许任何人在我身边。

天快亮了，死亡就要来临了。玛甘泪虔诚地跪下，向天帝伸出了双手："天父啊！救救我！我是你的！天使啊，列位神灵，请环立在我的周围，把我庇护！我皈依你！"她心甘情愿地服从了上天借法律之手给她的判决。天帝因此就赦免了她的罪愆。

靡非斯特冲进来，把悲痛欲绝的浮士德拖了出去。

第二部

这是一片风光明媚的地方——阿尔普司山麓。黄昏时分，浮士德侧卧在百花烂漫的草地上，疲乏，不安，昏昏欲睡。

浮士德一觉醒来，没有了一点罪孽之感，往事都已忘却。太阳高悬在苍穹，飞溅的瀑布在重岩叠嶂上奔腾。他领悟到，人生就在于体现出色彩缤纷，一种坚毅的决心鼓舞着他，他要向新的生活高峰飞跃。

紫金城内，金銮宝殿，皇帝上朝。他问，贤臣都在我的身旁，怎不见弄臣？

前任弄臣因酒醉，被人抬了下去。靡非斯特迅速补了弄臣的差位。

皇帝要举行化装舞会，寻欢作乐，对大臣们要求上朝议事十分不高兴。

宰相先启奏：国内邪恶流行，偷盗抢劫成风。法官又枉法贪赃，良民被判有罪，罪犯逍遥法外。普天之下人们都在受苦受难，这样会断送陛下的锦绣江山。

兵部大臣奏道：如今是乱世纷扰，国库拿不出军饷，雇佣兵闹得不可开交。士兵本应当保卫国家，却任其抢劫和骚扰。市民躲进城壕，骑士盘踞碉堡，民众手持武器抗拒官兵，天下大乱，无法收场。

财政大臣奏道：各联邦都各自称霸，不肯交纳贡赋，不肯依傍朝廷。朝廷权力衰竭，财源闭塞，人人都在搜刮、聚敛和储藏，而国库却已耗得精光。

宫内大臣奏道：宫廷费用天天上涨，无钱偿付，弄得今年吃掉了明年的粮，床上的羽褥押进了典铺，餐桌上吃的是赊欠来的食物。

人人诉苦，个个忧伤，唯有弄臣靡非斯特高颂皇威浩荡：陛下君临万方，强大的武力足以消灭抵抗。加上您的仁德、睿智与奋发图强，文治武功相得益彰，哪会有灾殃？

弄臣与钦天监在殿上一唱一和，谎称地下到处埋着黄金，还胡诌出一番天象。

皇帝要普天同庆。化装舞会开始，宫廷上热闹非凡。

舞会上五花八门的人戴着五花八门的面具。传宣使看守大门，小心翼翼，生怕有妖怪来兴风作浪。

突然间，人群里冲出一辆四龙车，车上坐着两个人：驾车童子和财神爷普鲁都斯。普鲁都斯是由浮士德所扮，他从车上搬下了一箱箱黄金，驾车童子驾着车子离去。

普鲁都斯打开箱子，一箱箱的黄金露出来，一串串的金币滚出来。不要命的人群把箱子围住，疯狂地抢啊，抢个不亦乐乎。普鲁都斯手执传宣使的烧红手杖，一下子把众人赶光。

这时一群"小神"蜂拥着"山林之神"潘恩走来，潘恩是皇帝所扮，被一群乌合之众团团围绕。其中有风流公子，清高显贵，忙碌的庸人，暴发户，蛮横的卫兵和逢迎拍马的文人。

正当众人狂歌乱舞、肆意作乐之时，突然，一场大火烧了起来，把皇帝包围。众人都来救火，没有一人不被烧伤，火焰反而愈来愈高。眼看帝都的豪华一夜间就要化为灰烬，普鲁都斯挥起魔杖，熄灭了烈火。

天亮了，旭日东升。皇帝对化装舞会十分满意，靡非斯特的一番话捧得他更高兴。特别是浮士德以黄金为储备印发的大量钞票，解救了财政的危机，国家又出现了繁华景象。浮士德与靡非斯特的丰功，赢得了皇帝的器重。小臣们得钱欢天喜地，只有那酒坛子弄臣聪明，他说道："今晚上在梦里做了一个大老板！"

浮士德突然把靡非斯特拉进阴暗的走廊，说有事要和他商讨：皇帝异想天开，想见古希腊美人海伦和美男子帕里斯。海伦是古希腊传说中的美女，相传她是斯巴达国王墨涅拉俄斯的妻子，特洛伊王子帕里斯去斯巴达做客，将她拐走，引起了特洛伊战争。战争进行了10年，最后，特洛伊人战败，斯巴达人毁了特洛伊城，将海伦夺回。靡非斯特交给浮士德一把钥匙。

这钥匙在浮士德手中逐渐大起来，光辉灿烂，它带着浮士德去到神的境界。浮士德趁诸神不注意，携回来一个烧红的宝鼎，放出灿烂的光辉。

在皇帝的宫廷里，皇帝急等着海伦的到来。

突然间，宫廷的灯火暗淡，出现了古式的骑士厅，一切装饰都是古时模样。

皇帝与宫廷大臣们都聚集在厅中。传宣使宣布演出开始。喇叭声起，墙壁自动裂开而向后回转，一座深邃的舞台出现，又显现出一座十分庄严宏伟的古代寺院。

浮士德头戴花冠、身披法衣和一座宝鼎从前台的另一边升到地面。灼热的钥匙刚一接触到宝鼎，雾气立即笼罩全厅，像浮云一般，延伸、凝集、缭绕、交错而又分散，云雾变幻，乐声响起，仿佛整个宫殿都在歌唱。

雾气下沉，从轻纱里面走出一位美少年，他就是英俊少年帕里斯。他俊俏的模样立刻引起贵妇们的赞叹。他躺在地上,手枕着头,进入了梦乡。海伦出现了,果真是一个绝色美人。她俯下身去吻帕里斯,帕里斯醒来,他们开始表演恋爱的经过。

不想这却引发了浮士德极大的醋意,他迷恋海伦,嫉妒帕里斯。他冲上前,将魔术的钥匙触到帕里斯身上。精灵们都爆炸了,化为烟雾消散。浮士德自己也昏倒在地,失去了知觉。靡非斯特将浮士德背回中世纪书斋。

他们又回到了老地方,一切陈设都和过去一样,只是房屋更旧了,还添了些蜘蛛网。靡非斯特把浮士德安置在床上,让他睡去。靡非斯特环顾四周,见到自己伪装博士时穿过的旧皮袍。

靡非斯特穿上皮袍,得意自己俨然又是一个大学教授了。他拉响铃,铃发出尖锐的声音,在空屋里震荡。瓦格纳的弟子从昏暗的长廊蹒跚而来。靡非斯特向他询问瓦格纳的近况。弟子告诉他说,瓦格纳博士已是当今学术界的第一伟人,学术界全靠他独力支撑。老师已久不见外人,正关门闭户,守着中世纪的炼金炉,在那儿焦头烂额地制造着"人"。

弟子退出。靡非斯特在教授的位子上坐好,先前"训示"过的学生走进书斋。几年前还是羞怯的青年,如今成了自命不凡、趾高气扬的博士。他大摇大摆地走进来,飞扬跋扈地反把靡非斯特训了一顿。在他的口中,经验不过是泡沫和灰尘,怎能和精神相提并论?人们从前所知道的一点东西,说来根本就一钱不值。在他的眼中,世界是由他开始,一切都是为他所设。他说:"在我创造之前,世界原未生成,是我把太阳从海里引出,月亮和我一起旋转盈亏。"大自然的存在和一切变化,整个人类的命运,似乎都要由他来决定。高谈阔论结束,博士示威似的离开了书斋。靡非斯特却不介意，他相信这骄傲的人最终也会感到无聊。

靡非斯特来到瓦格纳中世纪风格的"实验室"。

瓦格纳正屏声敛息，全神贯注地注视着他面前的曲颈小瓶。那里面，他调和的几百种元素正在蒸馏，已经发出了红红的火光。一个可爱的小人终于制造成功，体态十分玲珑。这小人名叫何蒙古鲁士。小人形成后就开始说话。他对瓦格纳说："阿爸，你好吗？来吧，亲热地把我搂在你的怀抱，但不可太紧，以免玻璃爆炸。"

瓦格纳在烧瓶中造人

"伟大的事件"告成，瓦格纳又高兴又激动，他使人脱离自然繁殖的"无聊的儿戏"，有了"更为高尚的出身"。他对自己多少日子以来辛辛苦苦的工作所取得的成就感到满意。

可是这何蒙古鲁士无法和自然接触，他只能待在与世隔绝的玻璃瓶里，蜕化不出来，也不能发育。

这时，侧门开了，何蒙古鲁士瞧见了躺在床上的浮士德，又惊又喜。他是个喜欢喧闹的人，只是他喜欢的是古典的游乐。瓶子从瓦格纳手里滑出，飘浮在浮士德头上，何蒙古鲁士用自己身上发出的光照着浮士德和靡非斯特，带着他们飞往东南方，去赶往古希腊的瓦尔普吉斯之梦夜会。

悲戚的瓦格纳，只能继续在这里翻阅羊皮纸的古籍，收集和拼凑生命的要素。

何蒙古鲁士像一颗明亮的流星，在众人头上飞行，为浮士德和靡菲斯特引路。他们来到古希腊幽晦的法沙路斯旷野，降落下来。刚触到地面，浮士德立刻苏醒过来。在这古希腊的土地上，浮士德全身焕发着新的精神，他看到了古代历史中的人物和各种精灵鬼怪，但是浮士德仍然想念海伦，他要去寻访海伦。靡菲斯特和何蒙古鲁士也分开，各自去冒险。

浮士德在法沙路斯战场看到了人面狮身的斯芬克斯、怪鸟格莱弗和上身是少女下身是鸟的赛壬。赛壬婉转优美的歌声没有吸引住浮士德。浮士德精神旺盛，对所见到的一切都感到惊奇和满意。但是，没有找到海伦，又使他心急。他向斯芬克斯询问谁见过海伦，它们要他到比纳渥斯河去问象征智慧和正义的人首马身的喀戎。

浮士德来到比纳渥斯河。河水泛波，芦苇摇曳，矫健妙龄的水精宁芙们游浸在水镜中，一个个体态轻盈面色娇艳，陶醉了浮士德的双眼。她们轻声低语、低吟浅唱，希图留住浮士德，让他安息于幽静之中。

浮士德在河边伫立、徜徉，犹如身入仙境梦乡。他的眼睛在此流连，可是他的精神却只顾往前，要去寻找那最高处的精华。恰这时，马蹄声近，喀戎来到。浮士德征得他的允许，骑上他的背。喀戎带着浮士德向前奔去。在路上，他们交谈起来，话题转到海伦身上。喀戎也曾背过她，他极口称赞她的美丽动人，说得浮士德更是魂不附体。看到浮士德如此急切真诚，喀戎将他带到巫女曼托的神殿中，让她去帮助他。曼托是个慈祥的巫神，十分同情人类。在她指引下，浮士德找到了寻找海伦的一条通道。

靡菲斯特走着，平地被巨石所挡，他在石堆间彷徨，不知该走向何方。山精在古老的山岩上开口，叫他不要被现象迷惑。靡菲斯特在橡树女精的指引下，会见了3个极丑的妖女福尔基亚斯。她们是黑暗所生,三人合用一只眼睛、一个牙齿。靡非斯特要求她们"把三人的本质摄并于两人",而把第三个的形象暂时借用。他带着一齿一目的鬼脸走了。

何蒙古鲁士东飘西荡,没有找到一块合意的地方。他满心希望碰破小瓶发育成长,又无法做到。但他发现了两位古希腊哲学大师——泰勒斯和阿那克萨戈拉。

泰勒斯(约公元前624年—前547年)认为水是万物的本源。阿那克萨戈拉(约公元前500年—前428年)认为自然界一切物体都是由许多物质的小片(即"种子")构成的。他们都认为世界的本质是物质,然而在原质上,他们存在着分歧。泰勒斯认为水是世界万物的原质,万物生于水,又复归于水,这种变化是有规律的、自身的,不受昼夜时辰的限制。阿那克萨戈拉认为一切物体都由无限多的有一定性质的物种构成,它们总在做着混合与分离的变化,但变化的原因在它们的外部,由于地中心的熊熊烈火的蒸气喷薄而出,冲破平地的古老地壳,然后才生出了一座新山。他们在讨论着生成。何蒙古鲁士追随他们,因为他也希望自然成长。

泰勒斯把何蒙古鲁士带到海洋老人、预言者纳莱乌斯面前,但老人不愿意为何蒙古鲁士指点未来。他认为人总是纵欲任性,听不进智慧的忠言。因为他曾给予帕里斯以父亲般的忠告,但帕里斯却不听,终于身败名裂,并导致特洛伊城的毁灭。纳莱乌斯让他们去找普罗特乌斯,"请教那位怪人,人怎么生成,怎么变化"。

何蒙古鲁士用自己发出的毫光,把海中老人普罗特乌斯引了出来。普罗特乌斯告诉他,从大海里做起,在海里吞食极小的东西会逐渐成长。地上的努力,一场地震便遭到毁灭,被溶合成别的物件,倒是水对生命更为有益,只有永恒的自然才值得赞美。他变形为海豚，让何蒙古鲁士骑上他的背，他要把他带进永恒的水里。

居住在海中仙山上的人们，不受野兽和地震的威胁，也不受改朝换代、纷争残杀的骚扰，永远被永恒的和风吹拂着，仍和太古时代一样。最美的女神迦拉德亚乘贝车而来。她轻盈庄严、绰约娇艳。何蒙古鲁士被迦拉德亚的美艳所迷，在她的脚边环绕，希图纵情恣欲，但却不可能。终于，他将瓶儿碰破，闪烁，燃烧，融成一片火光，归到了大海之中。

特洛伊战争结束后，海伦又回到了故乡。被在战争中掠来的女子们的簇拥中，她走进昔日的宫殿。然而，回来是作为国家的女王，还是作为祭神的牺牲，这吉凶未卜的命运，使她忧郁不安。

海伦走进王宫的内廷，突然在炉灶边见到一个高大的蒙面女人。她以为这个女人是宫女头子，谁知是一个极丑的妖魔，面上一齿一目。众人认出她属于福尔基亚斯之族。

福尔基亚斯说："国王要把海伦祭神，众女子将被吊在横梁上，成排成行。"几句话吓得海伦和众女子惊慌失措，魂飞胆丧。福尔基亚斯又施起魔法来，布置起可怕的祭台。众女子都向她求告。福尔基亚斯说道："不远处有一座城堡，里面有一男子，金发碧眼，是个极出色的领袖。关键须得海伦同意，我才好将众人领到那里。"众女子也一起乞求海伦。事到如今，海伦也只好答应。

福尔基亚斯领着一群人急急忙忙向"自由国土"逃去。迷惘间，她们置身于一座中世纪华美的宫廷，福尔基亚斯却不见行踪了。

一群秀美的青年，步伐矫健，整队而出，引起众女子的倾慕。随后，身材奇伟、品格高华、仪表温雅的俊美男子浮士德，身着中世纪骑士的宫廷服装出现在台阶上，缓慢而庄重地走下来。

浮士德带着一个双手被缚的仆人，走到海伦面前。礼毕，他向海伦解释，这个仆人身为高塔上的看守，今天疏忽万分，连女王光临都不来通报，耽误了隆重而竭诚的欢迎仪式。他将仆人交与女王，听凭处分。守塔人述说自己是被海伦美丽的容貌所迷，忘记了自己的职守，表示甘受处罚。

海伦的美征服了所有的人。她叹道："灾难是我带来，我不能加以惩处，残酷的命运纠缠我，使天下多少男子为我着迷。我一再惹起天下骚动，三番四次带来劫难。把这好人带去，将他赦免。"浮士德说："你在刹那间使我的忠仆叛变，我的城墙动摇。我的军队会归顺你，让我跪在你的脚边，认你为女主人。"浮士德将主权让出，让海伦做女王。海伦被这情景所感动，她和浮士德彼此爱慕，互相表示了爱情的至诚。

正陶醉中，福尔基亚斯闯了进来。她带来了海伦的丈夫梅纳劳斯率兵来攻城的信息。智勇双全的浮士德立即发布命令，统领国内大军迎战。他们击败了来敌，保卫了城池和海伦。

浮士德与海伦结合后，一个小男孩降临了人间，名字叫欧福良。活泼的小男孩一刻也不停歇，他跳到地面，又迅速地反弹到空中。跳上几跳，他就触到了高高的穹隆。他憧憬着那无垠的高空，他急着要跳，急着要飞，无论什么高处，都想冲上去。

人间的限制使欧福良感觉难受，他不愿再将自己束缚。他坚决认为，世人不论男女，都应该成为疆场上的英雄。男子汉的钢铁胸膛就是直赴战场的轻快武装。他升腾起来，越升越高，像一颗美丽的星星。他高呼着："前进吧！荣名之路已开。"狂热而冒险的欧福良，飞去奔赴战场，不料飞得过高，燃烧起来。他头上发光，身后曳着光尾，他的尸体坠于父母脚旁。

人们围上去辨认面容，这形骸却立即消失，光环彗星上升于天，衣服、披风留在地上。

儿子的夭折,使海伦无比悲痛。她想,幸福与美丽并存的日子不能长久,因生命和爱情的联系已经断绝。海伦最后一次拥抱浮士德后便消逝了,只留下衣服和面纱在浮士德胸前。

浮士德依照福尔基亚斯的话,紧紧将衣裳捉住。海伦的衣裳化为云彩,环绕浮士德,将他带到空中一同飞去。

福尔基亚斯站起来,揭开假面具,露出了恶魔的原形——靡非斯特。

峻峭嵯峨的山上,一朵云彩载着浮士德从希腊飞回北方,降在山顶的平坦处。浮士德留在山顶,他想起了逝去的少年时代,想起了用爱的灵光照拂过他的玛甘泪。现在这一切都离开了他,变得那样遥远。他俯瞰着无际的大海,一个宏大的计划在浮士德心中诞生。浮士德要成就惊人的功业,他要征服自然。

浮士德不能容忍海洋的专横肆虐,泛滥各处。他要与海斗争,将水制服!不管海水如何泛滥,一遇丘陵,它就得转弯。把汹涌的海水逼离海岸,对潮汐地带加以限制,把海水赶回海洋中。填海的意愿在他胸中盘旋,他要建立一个美丽的、自由的理想王国。

这时,国内爆发了革命。那位骄奢淫逸的皇帝,只知自己享乐,不理国事,全国上下陷入一片混乱中。人民不堪忍受,举起了义旗,要革命,要生存,要和平,要新的君主。皇帝退到这山谷,他要在这里背水列阵,做最后的决战。

靡非斯特为浮士德出谋划策:"帮助皇帝赢得战争,就能得到沿海地带的酬劳,填海的目的也就可以达到。"靡非斯特又请来暴躁者、矫捷者、顽固者三壮士。他们一同下山,去帮助皇帝。

皇帝的军队占领了敌方的营寨。

皇帝踌躇满志，得意扬扬，登上宝座封官赏地。"有功"之臣都被赐以高官厚禄、肥美的疆土，世袭制度也将予以严格执行。群臣个个欣喜万分。只有宰相对皇帝将海边的一片沙滩地赏给浮士德有怨言，要求把那地方将会有的"租税、利息、贡物和一切捐款"都拨归教会，而且还让皇帝将一大片最肥沃的土地奉献给教廷。皇帝不得不应许。

旷野上，一个旅游人来到海边，来拜访裴莱蒙和鲍栖时老夫妇。当他在海上遇难的时候是这对老夫妇搭救了他。老夫妇告诉他一个惊人的事情：飞沫排空、翻波涌浪的海洋，如今已经变成了花园，像一座天堂。只因一位封臣在这里掘壕沟、筑堤防，海水退缩了，代替它的是稠密的人烟，广阔的牧地、森林和繁华的园圃、村庄。吃饭间，老人也向客人谈起工程的艰辛：筑堤开河，干活儿的人不知死去了多少，一到夜里就听见鬼的哭叫声。这位封臣还想要吞并自己的茅屋和一座小教堂。老夫妇如何能抵挡得住，唯一的办法就是鸣钟、祈祷、跪拜，向神明求援。

钟声传进雄伟的宫殿，传进了正在踱步徘徊的高龄的浮士德耳中。那菩提古树、朽败的礼拜堂和小茅屋，都使浮士德厌恶憎恨，使他像置身于寺院和坟墓中。

运河上，一艘富丽堂皇的大船驶来，船上堆满大小箱子，载着外地的物产。靡非斯特走下船，来向主人浮士德禀报：在自由的大海上自由行驶，缉查、走私、战斗三位一体，忠实地奉行强权就是公道的法则，换来了硕果累累、捷报频传。

海洋被征服以及满船的货物，都不能使浮士德开怀，他命令靡非斯特以一片"好地方"和"一座新居"作为迁移条件，去将那对老夫妇迁离。靡非斯特毫不迟疑，带上人马来到老夫妇的小屋前。

老人死也不肯开门。来人一阵擂门喊叫，朽门倒塌，两个老人被惊吓至双双毙命。他们又打死了那位游客，烧掉了小屋、教堂和菩提树，三具尸体在烈火中化为灰烬。浮士德得知后大怒，不料下属这样野蛮，气得他一直诅咒他们。

阴风飒飒地吹来。阴风中裹着4个阴影——"匮乏"、"罪过"、"忧愁"和"苦难"。这4个灰色的女人来到浮士德的宫前，唯有"忧愁"一人体态轻盈，从锁眼中溜了进去。

浮士德独自坐在宫里，他想摆脱魔法，希望以一个真正的人的身份出现在自然面前。"忧愁"走进来与他交谈。浮士德情不自禁，竟向着"忧愁"述怀：我只是匆匆地把世界跑了一遍，追求着快乐，使自己的生活像风暴一般，终于明白人要立定脚跟，凡是认识到的东西就不妨把握。在幸福与艰难中闯荡，世界将属于有为之人。

"忧愁"却不喜欢奋斗的人，她随身带着"永恒之夜"，她要让人类始终一事无成。她对着浮士德吹出一口阴气，顿时，浮士德的双眼永远失去了光明。

靡非斯特招来死灵们，为浮士德挖掘坟墓。浮士德摸索着从宫中走出。锄头的声音使他兴奋，他以为这是为他而来的民众，在修筑一条拦海的长堤。他命令靡非斯特赶快去募集更多的人工，让他们为他的事业服务。

双目失明的浮士德，对自己的填海事业十分满意。他仿佛看到大海变成了良田，人民安居乐业，"自由的土地上住着自由的国民"，自己也将留名千古。他再也抑制不住自己了，情不自禁地喊出："你真美呀，请停留一下！"随即倒地，永远离开了人世。

靡非斯特最终征服了浮士德，但他对浮士德的追求却不以为然，他认为世上永恒的创造毫无意义，世上只有永恒的太虚。

靡非斯特生怕浮士德的灵魂逃走,他念起咒语,可怖的地狱咽喉在左方张开,肥鬼瘦鬼一起出现。靡非斯特命令他们小心谨慎,看守浮士德的灵魂,勿使它逃遁。

这时有光从右上方照下,天使们来到了。美丽圣洁的天使在歌声中翩翩起舞,将玫瑰花抛撒。玫瑰花香气馥郁,将魔鬼们的勇气、力量都融化掉了。

靡非斯特被天使们的美貌迷住了,起了淫欲之念。他只顾围绕着天使们转,天使们趁机携带了浮士德的灵魂,飞上天了。靡非斯特的造"恶"工程,就这样前功尽弃了。

圣山上,天使们背负着浮士德之灵,高唱着"不断努力进取者,吾人均能拯救之"回到天界。她们在高空中起舞,为战败魔鬼、获得浮士德的灵魂而齐声欢呼。

天后圣母玛利亚,由众多的被赦女子环绕着,自一方冉冉飞来。圣母慈悲宽容,凡能忏悔之人,均许之沐浴圣恩,升于永恒。

玛甘泪见到浮士德的灵魂,从赎罪女子行列中走出,牵着圣母的衣角,恳求圣母慈悲庇护她的爱人浮士德。圣母欣然允诺:"来吧,升向更高的境界!他觉察到你,会从后面跟来。"

圣母宽宏大量,众人感激涕零,齐声高诵道:

> 一切向上心,俱为圣服务!
> 处女哟天后,女神哟圣母,
> 诚心皈命你,恩佑永不渝!
> 永恒之女性,领导我们走。

(全剧终)

3. 赏析

《浮士德》是一部描写梦想者和发展者的诗剧。它的基本内容是以文艺复兴以来的德国和欧洲社会为背景，通过浮士德在各个生活领域里的悲剧经历，表现他不断追求真理、探索人生理想的思想发展历程，展示了他一生的精神发展史和人生价值追求史。主人公的从小境界到大境界的思想变化历程，反映了从文艺复兴到19世纪初整个欧洲的历史，揭示了光明与黑暗、进步与落后、科学与迷信两种势力的不断斗争，系统地总结了从文艺复兴晚期到启蒙运动300年间西方知识分子追求探索的精神历程。歌德将浮士德的价值追求目标作为全剧的戏剧悬念，表达了歌德对人类未来的远大而美好理想的憧憬。特别是结尾处，浮士德越接近死亡，思想越活跃，他的肉体虽死，精神却永存。这是一部现实主义和浪漫主义结合得十分完好的诗剧。

《浮士德》是歌德的代表作，他的初稿《浮士德片段》在1775年就完成了，而一般的意见认为他在1768年因病由莱比锡回到他的家乡法兰克福养病期间便有了写《浮士德》的念头。经过了近60年的不断写作和修改，一直到他死前几个月才告完成。这部书可以说是和歌德一生相始终的，贯穿着他生命的过程，是随着他生活经历的发展而发展的，在这一点上，其他别的作品是不能与之相比的，其他的作品和《浮士德》比起来不足以表现歌德的全部思想和智慧。如《少年维特之烦恼》《葛兹·冯·伯利欣根》只代表"狂飙突进运动"中歌德的反抗传统思想，《托夸多·塔索》《伊菲格涅亚在陶里斯》只代表从意大利归来后中年歌德的克制倾向，"威廉·麦斯特"

系列,《诗与真》只代表老年歌德沉思反省的清明态度。"只有从《浮士德》中,我们才可以看出歌德思想的整个体系与演进,以及他自己宏大壮阔的生活全貌在长时间内的发展动向。因此《浮士德》的含义至为复杂、深邃,叫人难于穷窥。"(见梁实秋主编,《歌德——名人伟人传记全集之40》,名人出版社,164页)

诗剧的主旨

《浮士德》是一部思想内容很丰富的作品,通过浮士德几个阶段的追求,建立和表达了一套完整的世界观体系——以性善论为中心的人道主义泛神论世界观,再现了资产阶级上升时期不断进取的精神风貌,宣扬了自由、平等的理想王国。它是一部人类灵魂发展史,描绘了人类的前途和理想,阐释着人生的意义和价值。诗剧开篇的两个赌赛,提出了人生的理想及如何实现理想的问题。浮士德不断变化的思想阶段,反映了文艺复兴时期以来欧洲不断变化的物质世界,是欧洲近代社会发展的缩影和写照。

诗剧探讨了人性的善恶。歌德时代的德国,诸侯纷争,战争频繁,加之资产阶级兴起,个人主义意识的扩展,致使个人情欲、物欲膨胀,人性中"恶"的问题凸显。歌德虽为人性恶而担忧,但更相信善可以战胜恶。诗剧"天上序幕"中天帝与魔鬼打赌,一方面表现了恶(魔鬼)的猖狂;另一方面,天帝对人的信心也反映了歌德对人类的信心。靡非斯特作为恶的化身,对浮士德施行种种诱惑,力图使浮士德堕落,但结果却使浮士德不断从迷茫和错误中接受教训,向更高的境界飞跃,最终走向为大众造福的道路,造恶的魔鬼反起到"造善"的作用。这体现了歌德的善恶辩证观:善恶对立,又互相依存、互相转化。人类在与恶的斗争中不断净化自己、完善自己,最终将以造福人类作为自己的人生追求。

诗剧的基本精神是描写理想与现实的矛盾，探索现实的出路，浮士德的永不满足和不断追求，代表了人类的命运和前途。

诗剧的核心思想和出发点是启蒙时期的人道主义。它揭露和批判了当时各种学问的陈旧僵死、封建朝政的腐朽黑暗、封建伦理道德的残忍冷酷、资本主义金钱的罪恶和资产阶级海外掠夺的强权政策，坚信人的理性力量和实践作用，坚信人能从各种矛盾和迷误中走向正道，体现人类的进取精神，激励人们为崇高的理想而奋斗。这是积极的思想意义所在。

自我批判性和现实意义

《浮士德》为我们描绘了一幅已经日暮途穷的封建政权的图景。在那里，官吏贪，士兵抢，国家法纪废弛，为非作歹之徒逍遥法外，善良安分之辈反遭惩罚，王公大臣醉生梦死，沉迷于酒宴狂舞之中，宫廷上下挥霍成风，以致民穷财尽。这一切，正是当时"神圣罗马帝国"的真实写照。因此，在宫廷化装舞会终了的时候，歌德用烈火包围"潘恩"的场面来暗示革命风暴即将来临。

在《浮士德》中，歌德控诉教会在精神上是毒害人民的刽子手。诗剧中，玛甘泪的毁灭，原因是多方面的，其中教会的精神控制是主要原因。玛甘泪和众人一起来到教堂礼拜，她想着母亲的惨死和即将出世的私生子，种种思绪像恶魔一样缠绕着她、胁迫着她，她挣不脱这精神的枷锁。教堂里的唱诗班在唱："当世界的末日到来的时候，天帝将审判众生，所有隐瞒着的事情都会被揭露出来，没有任何罪恶能逃脱上天的惩罚。"这可怕的末日审判，使玛甘泪的灵魂战栗、惶悚，无形的恐怖压迫着她的心。她也曾向至高无上的圣母寻求帮助，祈求解脱自己的"灾难"和"痛苦"，但身负弑母、溺子的违反封建礼法之"罪"，扼杀了具有虔诚的宗教感情的玛甘泪。

教会本是帮助那些在物质上或精神上需要帮助的人，体现基督的爱和关怀的，而《浮士德》中的教会对于世俗物质利益的掠夺，其面目是十分狰狞的。当玛甘泪的母亲把浮士德暗地赠予女儿的那份金银首饰，通过牧师献给教会时，这位牧师迫不及待地满脸堆笑说："教堂有个强健的胃脯，他以不曾因过量而食伤，虽已经吃遍了各处地方；能够消化这不义之财的，慈惠的信女们，只有教堂。"（见二十四所高等院校编，《外国文学史2》，吉林人民出版社，1982年版，220页）歌德把现实生活中教会贪婪的嘴脸做了形象和讽刺的刻画。

《浮士德》这部诗剧反映了德国资产阶级所特有的落后性和软弱性。当法国资产阶级为"自由、平等、博爱"，为"个性解放"而表现出革命的彻底性的时候，德国资产阶级却还在"希望我们的家乡永远是天下太平不改旧样"，循规蹈矩地生活在封建伦理道德的规范之内。此外，对于资本主义的金钱势力和那种"有强权，自然就有了公理"的海上掠夺以及其他罪恶的揭露，也都表现了歌德对于现实的批判态度。

上述几个方面的情况，都说明歌德对德国现实的态度有讨厌、敌视、反对的一面，但同时，《浮士德》中也明显地反映了歌德对现实妥协的一面。浮士德在漫长的探索道路上一直是孤独的，即使是在最后的填海事业中，他仍然是一个独来独往的个人英雄主义者，是个"救世主"。群众只是被"募集"而来为他的理想社会服务的。虽然他在宫廷里目睹了王室的荒淫腐败、封建统治者的累累罪恶，却仍然认为皇帝是"善良而开明"的，情愿为他服务，并参与宫廷的酒宴、游玩，甚至帮助皇帝镇压了"叛乱"。他的所谓理想社会不是建立在为革命所摧毁的封建帝国的废墟上，而是奠基在因镇压有功而获赐的一片沙滩之上。这与歌德的家庭、魏玛的官场生活和他跟魏玛公爵的亲密关系有直接的关系，同时也是歌德挣脱不掉历史唯心主义束缚的具体表现。

人物分析

浮士德是人类积极精神的象征，是欧洲资本主义上升时期资产阶级先进知识分子的艺术典型，也是文艺复兴以来资产阶级人道主义者、启蒙思想家的代表。他有较高的文化素养和渊博的知识储备，他在探求理想的人生和理想的社会上表现出一种永不满足、勇于探索、努力向上、自强不息的精神。

创建"在自由的土地上住着自由的国民"的理想社会是当时欧洲启蒙主义思潮的艺术体现。这种理想引导人们向前看，进而改变现实。这种理想在一定程度上反映了德国人民要求结束封建分裂状态和统一祖国的愿望。浮士德是18世纪的欧洲资产阶级知识分子的代表，他在思想性格上表现出资产阶级的两面性，既留恋人世的欢乐和享受，又极力想从平庸的生活中解脱出来，去探索崇高的理想。尽管在前进的道路上也曾有过迷误，但他从歧途和错误中努力克服自身的矛盾，战胜物质享受、爱情欢乐、名誉地位等种种诱惑，不断地向崇高的境界飞驰，终于探索到人类的理想社会。这种灵与肉、善与恶的矛盾实际正是资本主义上升时期资产阶级进步分子为改变封建制度而进行不息斗争的典型精神特征，也反映了人类追求真理的艰巨性。浮士德的人生理想是在保存现有制度的前提下，用改造自然来完善社会，用劳动来建成人间乐园，是"在自由的土地上生活着自由的国民",这实际上是理想化的资产阶级王国。

靡非斯特是邪恶和否定精神的象征,是与浮士德对立的反面人物,代表否定和毁灭,是恶的化身,是悲观主义哲学思想的代表。他不相信历史、未来、人类进步,不相信崇高的事物,对一切都是轻蔑和嘲讽。他处心积虑地引诱浮士德陷入歧途。他一手导演了玛甘泪的悲剧,倡议滥发纸币造成了经济危机,帮助封建王朝镇压反叛,维护腐朽统治,烧毁寺院、树林,在公海上大肆掠夺。靡非斯特在作恶和破坏中追求一种特殊的欢乐,即乐于看到人"比禽兽还要禽兽",乐于看到人间充满悲剧。他把欢乐建立在破坏人间的幸福、制造人间的苦难上。他能体察到浮士德思想感情的细微变化,使浮士德的自我斗争屡遭失败;他摸透了统治者爱好虚荣的特点,善于歌功颂德,取得了皇帝的宠信;他还掌握了王公大臣们酷爱金钱的心理,以谎言挪揄捉弄他们;在对风流寡妇玛尔特的玩弄中,他又是一个来往于花街柳巷的老手。总之,在这所有的一切活动中,靡非斯特已完全脱掉魔气,而成为一个活灵活现的、令人信服的现实生活中的人物。从他的机敏、善于钻营、逢迎谄媚、玩世不恭、否定一切行为的性格来看,他完全是一个资产阶级的浪荡人物,是资本主义发展过程中形成的资产阶级个人物欲、利己主义者的典型代表。

如果说浮士德代表了资产阶级积极进取的"善"的一面,那么靡非斯特则代表了资产阶级灵魂中"恶"的一面。浮士德和靡非斯特是诗剧中矛盾对立的核心,是生活在同一社会条件下资产阶级的两种不同类型的人。他们一善一恶、一正一反,但又相辅相成。魔鬼的作恶,激励和促进浮士德的成长和发展;浮士德的向善,又反衬出魔鬼的罪恶本性。靡非斯特是浮士德形象发展的条件,又是具有鲜明个性的独特的社会势力的代表。没有靡非斯特就意味着浮士德失去了前进的对立面，浮士德就不能发展，不能完善。

浮士德和靡非斯特之间这种对立统一关系表现为：魔鬼对浮士德所做的各种诱惑都从"作恶"的动机出发，目的是要使浮士德趋于沉沦和毁灭，但这种动机却在浮士德的生活实践和自我斗争中转化为"向善"的结果。靡非斯特千方百计地想把浮士德引入"魔道"，他的各种诱惑变成了浮士德前进的动力。可见，靡非斯特存在的意义在于刺激浮士德不断前进。

靡非斯特和浮士德之间的这种对立统一关系，正是歌德世界观中对于自然、对于人类精神发展的辩证观点的反映。除了上面两个人物外，玛甘泪、瓦格纳、玛尔特等形象，也都写得栩栩如生。诗剧《浮士德》塑造了浮士德这个典型人物形象，郭沫若说"是一部灵魂的发展史"，别林斯基说"是当代德国社会的一面完整的镜子"。从这面镜子中，人们能清楚地看到歌德对现实的批判态度。

艺术特色

在世界文学史上，《浮士德》是一部思想深奥、形象繁复、独树一帜的巨著，具有其独特的艺术结构，采用现实主义与浪漫主义交替、对比等的写作手法，就全剧而言，它像是一部叙事体作品，是把诗歌、戏剧和小说的特点糅合在一起的戏剧，是一部无与伦比的戏剧作品。

情节与结构

《浮士德》的戏剧结构非常独特，全剧没有首尾连贯的情节，是由五个可以自成一体的悲剧组成。

在整个故事情节的发展变化中,浮士德是贯穿始终的中心人物。全剧以主人公浮士德的思想发展为线索,描写了他探索真理的一生,叙述了他不断追求、不断探索、勇于实践的一生。通过描写浮士德精神性格的发展,展现了他在追求理想人生和理想社会过程中的五个人生阶段的悲剧。"天上序幕"是全剧的开端,写魔鬼靡非斯特与天帝关于浮士德的争论,前者认为像浮士德这样一个天上人间无一可以满足其心的追求者,最终必将堕落。而后者认为人在努力时难免会犯错误,但一个善人在他摸索中不会迷失正途,最终能找到真理。天上的打赌,导致魔鬼在人间与浮士德的打赌,诗剧围绕魔鬼引诱浮士德开始了追求真理的历程。浮士德从个人生活的"小世界"进入社会生活的"大世界"。经历了书斋、爱情、宫廷、美的幻梦和理想追求阶段后,最后悟出了生活的智慧。

诗剧《浮士德》分两部,第一部主要讲述的是知识悲剧和爱情悲剧;第二部是政治悲剧、美的悲剧和事业悲剧。具体表现在浮士德的书斋生活、爱情生活、政治生活、艺术生活和创建事业生活五个阶段,体现了浮士德的五大追求。知识追求:他满腹经纶,却于事无补;爱情追求:爱情被保守思想和封建礼法扼杀;政治追求:为封建王朝服务,却因爱上海伦而葬送自己的前程;艺术追求:寻求古典美,也以幻灭告终;社会理想追求:建造人间乐园,却在呐喊中倒地而死。

第一部第一阶段,学者生活中的"知识悲剧"

浮士德最先是以学者的面貌出现的,他追求知识,并利用它去改造社会,造福人类,这是大多数新兴资产阶级知识分子走向生活和社会的第一步。年已半百的浮士德,在书斋里博览典籍,企图"以口舌传宣，能把黎民改变"，过的是脱离现实的书斋生活。他孜孜不倦地研究学问，把哲理、法律、医典、神学等都努力钻研遍了之后，不但"措大依然，毫不见聪明半点"，越学越觉得知识的贫乏，不能认识自然宇宙、人类社会，所学的知识也毫无实际用途，从而使自己陷入了"中宵倚案，烦恼齐天"的境地。他深感精神空虚，诅咒自己的书斋是暗淡无光的牢笼，悲观绝望，打算服毒自杀。魔鬼靡非斯特乘虚而入，答应做他的仆人，带他去经历人生，条件是他一旦满足，灵魂便归魔鬼所有。浮士德自信永远不会满足，又渴望投身现实生活，便与魔鬼订约，走出书斋，去享受现实生活的乐趣。

这表明，陈旧的书本知识和牢狱似的书斋生活是知识悲剧，而不是理想。该阶段反映了陈腐的知识与现实的社会的矛盾，贫乏的知识与丰富的自然、人生的矛盾，批判了中世纪的知识学问，对当时德国僵死的学术进行了辛辣的讽刺，反映了人类知识在现实面前的困惑，体现了知识分子从文艺复兴以来到宗教改革、"狂飙突进运动"的反封建精神。同时表现了觉醒的知识分子不满现状，要求个性解放，从中世纪的经院哲学中解脱出来。

第一部第二阶段，爱情生活里的"爱情悲剧"

浮士德有强烈的追求享乐和情欲的愿望，他决定挣脱掉一切学术枷锁和智慧桎梏，迈步走向新的生活。他跟随魔鬼靡非斯特到一个女巫那里，喝了返老还童的魔汤，来到一个小镇，进入了"小宇宙"的行程。"小宇宙"指的是德国狭隘市侩的小世界，是个人的情感世界。浮士德在这里结识了美丽的少女玛甘泪，并获得了她的爱情。玛甘泪为与浮士德幽会，给母亲服多了安眠药，致使母亲丧命。她的哥哥又死在浮士德的剑下。玛甘泪因慑于舆论，溺死了自己的私生子。玛甘泪入狱了。这时的浮士德受魔鬼诱惑,却在与魔女欢会。当浮士德得知玛甘泪被判死刑后,浮士德在悔恨中结束了自己的爱情生活。

浮士德想在爱情生活中走"个性解放"的道路,但由于德国封建、宗教势力的强大,他的追求以失败告终。浮士德深深认识到爱情生活只能满足一时情欲的需要,并不能使他获得爱情自由和开创个性解放的道路。他领悟到个人生活享受不是美,而是悲剧。

浮士德精神性格的核心是个人主义,他的内心是充满矛盾的。他一方面向往未来,追求理想,即"离去凡尘,向那崇高的灵的境界飞驰";一方面又要现实的享乐,即"沉溺在迷离的爱欲之中,执拗地固执着这个尘世"。这是人类所共有的特点,是人身上生来就有的"灵"与"肉"、"良心"与"情欲"两种对立的本质,是歌德世界观中人性论观点的反映。

浮士德与玛甘泪的爱情悲剧说明个人狭隘的爱情生活不是人生的理想。从中可以看到近代西方社会心理中灵与肉之间、感性与理性之间悲剧性冲突的缩影,表现了新兴资产阶级追求现实生活享乐的幸福观与中世纪禁欲主义的对立,反映了资产阶级的人生追求以及对封建、宗教价值观的批判。

玛甘泪的悲剧使浮士德获得了教训,把他从情欲的泥潭中解放出来,使他摆脱了"小世界"的平庸生活。魔鬼靡非斯特想以男女间的肉欲来促使浮士德毁灭,这个企图失败后,他只好带领浮士德到"大宇宙"去旅行。

第二部第三阶段,政治生活中的"政治悲剧"

浮士德忘却前事,恢复精神,被魔鬼带到一个封建王朝的宫廷里，进入了他的政治生活阶段。他开始投身于政治活动，为封建宫廷服务。这是一个腐朽空虚、风雨飘摇、朝不保夕的王朝。官员贪腐，军队抢掠，政客结党营私，一片混乱。正赶上天不遂愿，经济严重困难，民众怨声四起。皇帝仍沉于享乐，浮士德仍然尽心为其服务。在靡非斯特的帮助下，他发行大量纸币，暂时解决了经济危机，但他终于不能有所作为。为取悦皇帝，满足统治者的异想天开，浮士德借魔鬼的法术再现古希腊美女海伦的幻影。不曾想，浮士德对海伦一见倾心。当显现海伦和特洛伊王子帕里斯的恋爱嬉戏场景时，为了不让帕里斯拥抱海伦，浮士德用魔钥去触碰帕里斯，结果幻影消失。浮士德昏倒在地，至此结束了他的政治生活。

浮士德的这段经历，正是歌德自己魏玛十年官场生活的寓意概括，也正反映了德国资产阶级在改变现实中无能为力的可悲状况。

这说明，浮士德在政治上有着远大的抱负，总想有伟大的业绩，但结果他的才能成了供统治者消遣取乐的工具，真正的追求和事业一无所成，根本不能实现他改造世界、建立理想国家的宏愿。这反映了德国资产阶级政治上的妥协性和思想上的软弱性，粉碎了启蒙主义者对君主政治不切实际的幻想，揭露和批判了封建王朝的腐朽及官场上的尔虞我诈。

第二部第四阶段，艺术生活中的"美的悲剧"

政治生活的失败，使浮士德想逃离现实，转而追求古典美。他在昏迷中仍一直迷恋着古希腊美人海伦。在魔鬼的帮助下，浮士德与海伦结合，生下儿子欧福良。活泼又喜欢冒险的欧福良不断地欢腾跳跃，奔放不羁，不断地往上空飞翔，不料飞得过高陨落在父母的脚下。海伦悲痛地消逝了，只留下衣服和面纱。浮士德对美的追求也以悲剧结束。

浮士德追求海伦古典美的理想的幻灭，是对当代德国启蒙思想家企图用美的教育来改造世界的否定回答。海伦的消逝说明古典艺术和古典美只能作为现代文化的养料，古典美的复活是完全不可能的。欧福良的夭折说明用美教育人类、改造社会是不切合实际的幻想，正如海伦消逝后留下的衣服和面纱也化成了云彩，消失于缥缈之中。

这说明，追求古典美是资产阶级思想探索史的一个阶段，对古典美的追求不能满足启蒙思想家和新兴的资产阶级建立理想王国的要求。

第二部第五阶段，现实世界中的"事业悲剧"

浮士德追求古典美的理想幻灭后，从古代世界又回到现实世界，他要去追求更高层次的理想。面对着侵蚀大地的汹涌海浪，一个改造大自然的念头，在浮士德心中油然而生。他要改造自然，要领导人们在这片海边沙地上进行一番创业，使之变成一座人间乐园。变沧海为良田，为人民建立理想之邦，这是浮士德生活道路的事业阶段。浮士德命令魔鬼驱使百姓移山填海，开发土地。

此时，浮士德已是双目失明的百岁老人。死灵们为他挖墓穴，浮士德却以为群众在修筑拦海堤坝。他在想象中享受着这至高无上的瞬间，想象这种变化还将因为自己的努力而更加日新月异，他想到自己正在从事的伟大事业，感到了由衷的喜悦和满足，他终于发出了"你真美呀，请停留一下"这样自我满足的呼声，随即他倒地死去。

按照契约，靡非斯特本可以获得浮士德的灵魂，但他并没有得逗，因为天使赶来了。在天使们歌声的引导下，浮士德的灵魂飞升进入了天堂。

浮士德领导人民改造自然、建立人间乐园是启蒙思想家绘制的"理想王国"，是浮士德事业悲剧的最好体现。这不是浮士德一个人的悲剧，而是欧洲从文艺复兴晚期到启蒙运动300多年中知识分子在追求理想社会的精神悲剧，表达了人们对人类未来社会的美好憧憬。结尾处，浮士德死亡前的精神和思想状态是亢进的，说明人类的追求将永无止境。

浪漫主义和现实主义的完美结合

歌德将浪漫主义因素和现实主义因素交织融合运用，以高超的想象力将古与今、神与人、幻想与现实、天帝与魔鬼等尽收笔端，描绘了五彩缤纷、瞬息万变的场景和画面，远古希腊的旅行、海伦的形象、填海场景等基本上都是浪漫主义的，赋予剧作浪漫主义气息和玄幻的美感，具有强烈的主观性和抒情性。同时，歌德在剧中对德国各阶层社会和封建朝廷生活的描写都是真实的且富有典型性，瓦格纳、玛甘泪的形象，德国城市近郊的节日场面，学术界乱七八糟的现象以及乌烟瘴气的"紫金城"等，基本上都是现实主义的。主人公浮士德更是现实和幻想相结合的人物形象，他的精神和经历具有现实基础，但整个形象却是传奇式的虚构。既有真实的事件（和玛甘泪的恋爱），又有幻想的情节（和海伦的结合）；既有现实环境（如宫廷社会），又有虚构的环境（如填海场景）。现实与幻想的结合，形成了诗剧波澜壮阔的背景。

全剧突破时间与空间的限制，自由地表现精神探索历史的画面，情节离奇，情景动人，反映了复杂的社会风貌和理想与现实的矛盾，表达了作者的爱憎情感和理想取向。

对比手法

歌德善于运用矛盾对比的手法安排场面、配置人物，表现在诗剧结构和人物的关系上。

诗剧结构的对比：

该诗剧突破一切常规，没有贯穿首尾的情节线索，而是以浮士德追求理想为中心，跨越时空界限，形成独有的诗剧结构。诗剧从开阔的天界，到狭隘的书斋；从幽暗的、死气沉沉的书斋到充满烟火气的民间生活和生机勃勃的大自然；从庸俗嘈杂的酒店到优美娴静的爱情生活场景；从明媚的大自然到昏乱的"紫金城"；从纸醉金迷的宫廷宴乐到清明的远古希腊的旅行；从叛乱四起的没落帝国到和平劳作的理想之邦。这种对比的结构形式从空间、时间、情节展开，突出了浮士德精神性格发展过程中的复杂性和曲折性。

人物对比关系：

人物自身的矛盾对立。浮士德是在其自身两种精神的矛盾斗争中丰富和深化起来的；魔鬼是在其作"恶"和造"善"的矛盾中突出作用的；瓦格纳从一个埋头于古代经典的学究成为迷信"炼金术"的术士；玛甘泪从开始笃信天帝的农家女子到满足于爱情生活情趣的小市民。

人物关系的矛盾对立。诗剧是从矛盾发展的辩证关系上来刻画人物形象的，塑造了一对对矛盾鲜明的人物形象。如正义之神的天帝与邪恶之魔的靡非斯特；人性善的浮士德与人性恶的靡非斯特；觉悟者、实践者的浮士德与愚昧者、保守者的瓦格纳；精神探险者的浮士德与世俗弱女子的玛甘泪；现代精神化身的浮士德与古典美的代表海伦，都是矛盾对立的人物。

浓厚的抒情色彩和辛辣的讽刺

歌德以独特的手法，让靡非斯特做自己的代言人，通过他对旧事物所做的嬉戏性评述，把它们的腐朽丑恶本质和盘托出，进行辛辣尖刻的讽刺和批判。第一部中对当代逻辑学、哲学、法理学、神学、医学以及反动浪漫主义诗歌等的揭露与批判，就是用上述手法进行的。有时，诗人也用批判对象的言行细节来自我表现，以达到讽刺的效果。第二部中揭发皇帝、大臣、僧侣们酷爱金钱的本质，就是采取这种方式。有时还用滑稽的歌谣，描绘当权人物的骄横暴戾，《跳蚤之歌》里的跳蚤就是德国许多小公国的大臣们引人发笑的缩影。这种浓厚的抒情色彩和辛辣的讽刺相交织，是诗剧的显著艺术特色。

诗剧的语言

歌德运用精练的语言喻事，表现人物的特征，不同人物所用的语言各不相同。其语言丰富多彩，富有民歌特点，富有哲理性和抒情性。歌德还采用了多种多样的诗歌形式和表现手法。在整个作品中，有抒情诗、哲理诗、散文诗、叙事诗，也有纯朴的民歌体。长诗运用对比交错的艺术手法，使诗歌场景、人物变幻莫测。在写浮士德五个阶段的经历时主要是以叙事为主。而对爱情、景物、述怀、讽刺等进行描述时则以抒情为主。同时，作者几乎采用了欧洲所有诗体，如用古希腊悲情风格的诗行表现海伦悲剧部分，《神曲》中的三联韵体、自由韵体等。各种形式运用自如，浑然一体。在欧洲文学史上，《浮士德》的艺术成就是辉煌的。

象征手法的运用

浮士德"知识悲剧"的象征，在浮士德一出场时就有所体现。浮士德是在"夜""书斋"中出现的，深沉的"夜"是中世纪黑暗的象征，阴暗的书斋是中世纪精神牢笼的象征，说明在书斋中研究事物学问是脱离实际的，是"死学问"。浮士德走出阴暗的书斋，走向大自然和广阔的现实人生，体现了从文艺复兴、宗教改革，直到"狂飙突进运动"资产阶级追求真正科学文化知识的理性意识的觉醒，体现了否定宗教神学、批判黑暗现实的反封建精神。

诗剧中除了几个主要人物外，还引进了许多古代和近代的人物，以及众多的神话世界中的仙人、妖女、鬼怪等，甚至把一些生物和无生命的东西拟人化。这些形象都是用来象征社会生活中的某种事物和现象的。海伦的美是古希腊美的象征；浮士德在追寻海伦的过程中所遇到的用美妙歌声诱人的海妖赛壬等，是重重艰难险阻的象征；浮士德和海伦的结合，是近代和古代结合的象征；酷爱自由、渴望战斗的欧福良形象，是一生反抗强暴，最后为希腊民族的解放事业献出了生命的英国浪漫主义诗人拜伦的象征；裴莱蒙和鲍栖时这对老夫妇的茅屋以及那座小教堂等建筑是中世纪旧事物的象征；浮士德用新屋换取旧房则是近代取代中世纪的象征。这些象征性描写，所表达的思想来源于现实。由于与生活隔了一层，以致诗剧的某些部分非常隐晦，内容过于庞杂，浮士德的性格过于抽象化、概念化，因此也削弱了诗剧的社会批判功能，这些是诗剧明显的缺陷。

总之，诗剧《浮士德》，在主题上，通过浮士德这一象征性的形象，概括了近代欧洲资产阶级进步知识分子思想探索的全过程，肯定了顽强奋斗、不怕失败、以集体劳动创造生活的美好理想，强调了追求真理、勇于实践的积极意义；否定了脱离实际的知识追求、低级趣味的官能享乐、狭隘自私的爱情生活、空幻的艺术沉醉以及为封建王朝服务的政治企图。它是一部资产阶级上升时期精神发展史的艺术总结。在艺术性上，该剧构思宏伟，内容复杂，结构庞大，风格多变，熔现实主义与浪漫主义于一炉，将真实的描写与奔放的想象、当代的生活与古代的神话传说杂糅一处，运用矛盾对比手法安排场面和人物。有讽有颂，有明喻有影射。其形式独特、色彩斑驳，达到了极高的艺术境界。它的每一阶段都是自成一体的诗集，而就全剧而言，没有严密的戏剧结构，像一部叙事体作品，是把诗歌、戏剧和小说的特点糅合在一起，是一部含义至为复杂、深邃，叫人难于穷窥的、以性善论为中心的著名诗剧。

附录

歌德生平及创作年表

1749 年
8月28日生于美因河畔的法兰克福的一个富裕市民高坡一个海军军需处职员的家庭。

1759 年
法军进入法兰克福，法国城防司令托兰伯爵住在歌德的父母家里，歌德接触到绘画和戏剧。

1765 年
10月至1768年8月，在莱比锡大学学习法律。结识了旅馆掌柜舍恩科普夫的女儿安娜，一见钟情。写剧本《恋人的情绪》。得病，返回法兰克福。

1768 年
8月至1770年3月，在法兰克福养病，完成了剧本《同谋犯》。

1770 年
在斯特拉斯堡大学学习法律，与赫尔德相识，与弗里德里克相爱。

1771 年
获法学博士学位，回法兰克福。成立了一家律师事务所。发表一篇演讲《与莎士比亚在一起的日子》。

1772 年
5月至9月，在韦茨拉尔帝国最高法院实习。与夏绿蒂一见倾心。

完成论文《论德意志建筑艺术》。
1773 年
历史剧《葛兹·冯·伯利欣根》发表。剧本《普罗米修斯》写了两幕。
1774 年
书信体小说《少年维特之烦恼》发表。创作了悲剧《克拉维哥》。

12 月，与当时 17 岁的魏玛公国太子卡尔·奥古斯特第一次见面。
1775 年
4 月，与丽莉·舍内曼订婚。

5 月至 7 月，第一次瑞士之行。

9 月，歌德同丽莉解除婚约。完成《丽莉之歌》。开始写《哀格蒙特》，1787 年定稿，1788 年出版。

11 月，歌德应卡尔·奥古斯特公爵之邀去魏玛。完成剧本《史推拉》。
1776 年
2 月，歌德与夏绿蒂·冯·施泰因夫人结识。

6 月，任魏玛宫廷枢密顾问官。
1777 年
开始创作小说《威廉·麦斯特的学习时代》。
1779 年
2 月，创作剧本《伊菲格涅亚在陶里斯》，1787 年定稿，1788 出版。
1780 年
开始写悲剧《托夸多·塔索》，1790 年发表。
1782 年
5 月 25 日，歌德父亲去世。6 月，获贵族称号。
1784 年
在人类的颅骨旁发现了腭间骨。

1786—1788 年

赴意大利旅行。

1788 年

6 月，回到魏玛。

7 月 12 日，与克里斯蒂安娜·符尔皮乌斯相识并相恋。

9 月，与席勒初次会面。

1789 年

完成了诗剧《托夸多·塔索》的创作。

12 月 25 日，歌德的长子奥古斯特出生。

1790 年

发表《浮士德片段》，写就了《威尼斯警句》，研究色彩学。

1792 年

随军出征法国。

1794 年

与席勒合作。

1795 年

与席勒合办刊物《时代女神》。

1796 年

完成小说《威廉·麦斯特的学习时代》。

1797 年

叙事诗《赫尔曼与窦绿苔》发表。

1806 年

完成诗剧《浮士德》第一部，1808 年发表。

1809 年

《亲和力》开始发表。

1811 年
完成《诗与真》第一部。

1812 年
在泰普里茨与贝多芬见面。完成《诗与真》第二部。

1816 年
妻子克里斯蒂安娜去世。

1819 年
《西东诗集》发表。

1823 年
爱克曼开始访问歌德。

1827 年
开始创作《中德四季晨昏杂咏》组诗。1830 年发表。

1829 年
小说《威廉·麦斯特的漫游时代》发表,完成《意大利游记》。

1830 年
长子奥古斯特去世。完成《诗与真》第四部。

1831 年
《浮士德》第二部脱稿,发表于 1832 年。

1832 年
3 月 22 日,永眠。

参考文献

1. 歌德. 少年维特之烦恼 [M]. 杨武能, 译. 北京：人民文学出版社, 1981.

2. 歌德. 浮士德 [M]. 郭沫若, 译. 北京：人民文学出版社, 1959.

3. 徐葆耕, 王中忱. 外国文学基础 [M]. 北京：北京大学出版社, 2008.

4. 吴舜立. 外国文学教程 [M]. 西安：陕西师范大学出版社, 2009.

5. 陈应祥, 傅希春, 王慧才. 外国文学 [M]. 北京：高等教育出版社, 2009.

6. 爱克尔曼. 哥德对话录 [M]. 周学普, 译. 上海：译文出版社, 2008.

7. 赵勇, 赵乾龙. 歌德 [M]. 沈阳：辽海出版社, 1998.

8. 歌德. 浮士德 [M]. 陆钰明, 译. 武汉：长江文艺出版社, 2012.

9. 歌德. 歌德自传 [M]. 刘思慕, 译. 北京：人民文学出版社, 1983.

10. 李大可. 天地人：歌德传 [M]. 石家庄：河北人民出版社, 2012.

11. 皮波人物国际名人研究中心. 歌德 [M]. 北京：国际文化出版公司, 2013.

12. 爱克曼. 歌德谈话录 [M]. 李华, 编译. 天津：天津教育出版社，2008．

13. 叶隽．歌德研究文集［M］．南京：译林出版社，2014．

14. 歌德．歌德精选集—迷娘曲［M］．杨武能，译．石家庄：河北教育出版社，2015．

15. 杨武能．走近歌德［M］．成都：四川人民出版社，2022．

16. 爱克曼．歌德谈话录［M］．朱光潜，译．南京:译林出版社，2021．